常怡 著

故宮裡的大怪獸

|升級版|

MONSTERS IN THE FORBIDDEN CITY

景仁宮的怪事

4

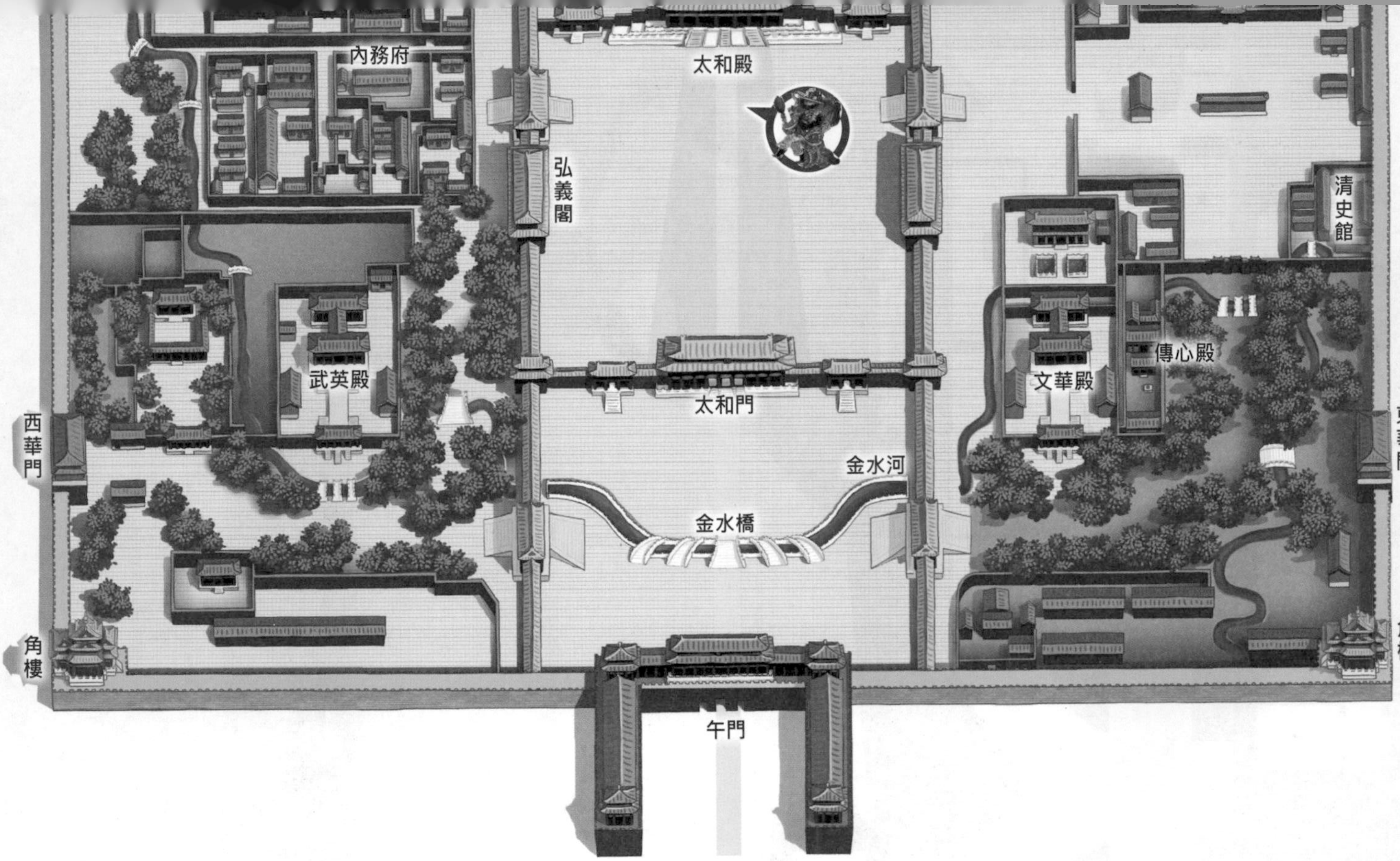

故宮怪獸地圖

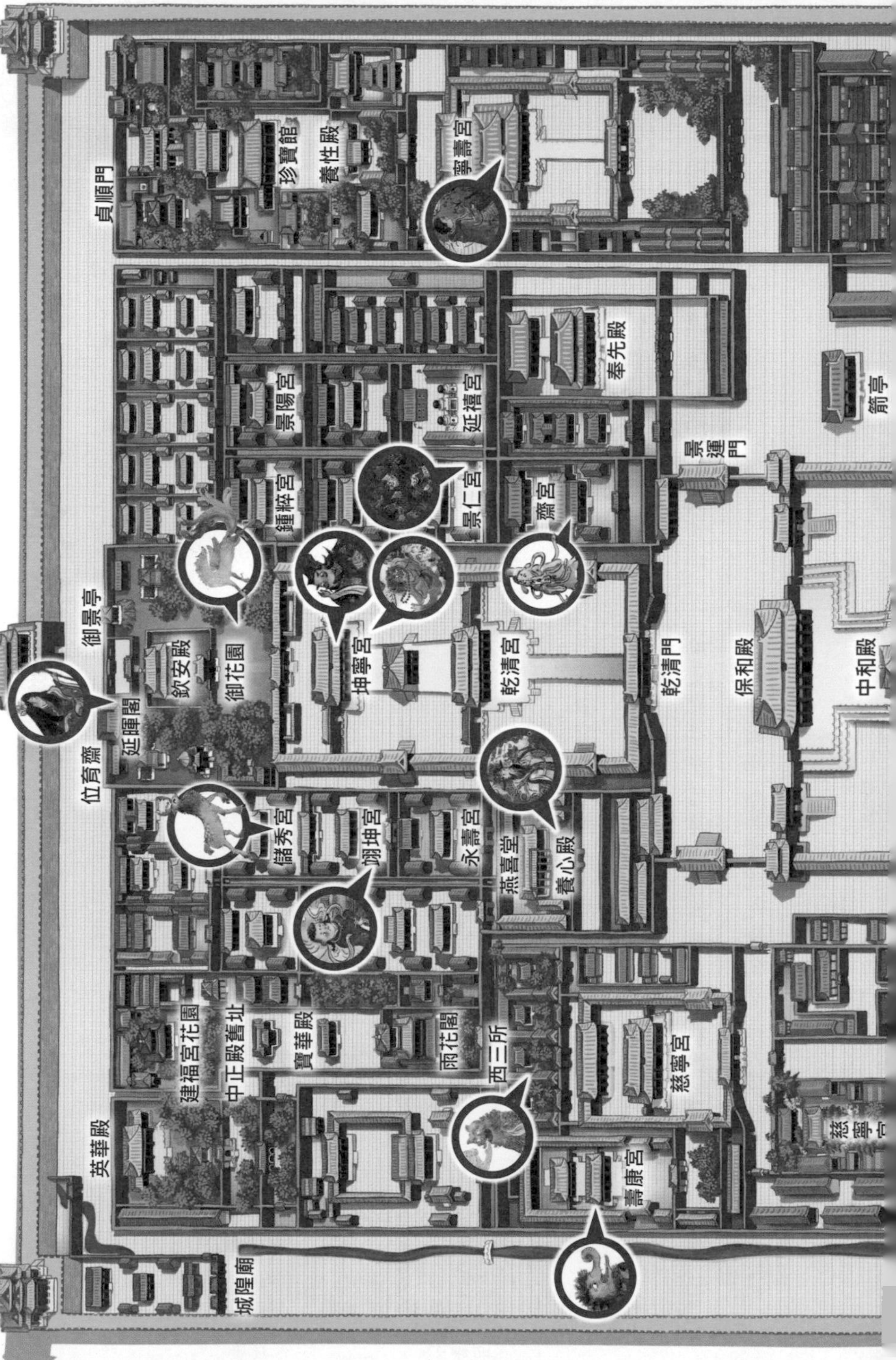
角樓
神武門
角樓
貞順門
珍寶館
養性殿
寧壽宮
奉先殿
箭亭
景運門
景陽宮
延禧宮
鍾粹宮
景仁宮
齋宮
御景亭
欽安殿
御花園
坤寧宮
乾清宮
乾清門
保和殿
中和殿
延暉閣
位育齋
儲秀宮
翊坤宮
永壽宮
燕喜堂
養心殿
建福宮花園
中正殿舊址
寶華殿
雨花閣
西三所
慈寧宮
慈寧宮
英華殿
壽康宮
城隍廟

角色檔案

嘲風

傳說他是龍的兒子，也有傳說他是盤古的心臟化成的怪獸，是一個長著狗頭、龍身、鳳凰翅膀和尾巴的怪獸。在漢族的民俗中，嘲風是美觀、吉祥和威嚴的象徵。

齋戒銅人

住在齋宮的小銅人，別看個頭不大，古時候，他可是管皇帝的，在皇帝祭天的前三天，他負責看管皇帝不許吃肉、不許喝酒、不許聽音樂……傳說，齋戒銅人其實就是唐朝著名大臣魏徵。

將軍門神

守護大門的神將。將軍門神秦瓊、尉遲恭曾是唐朝皇帝李世民手下最厲害的大將軍，現在他們穿著大紅色的戰袍，披著金色鎧甲，手裡拿著五彩銅錘為故宮宮殿守門，防止惡魔和災星闖入。

灶神

又稱灶王爺，是傳說中等級最低的神仙。他在每年臘月二十三日晚上會上天彙報人間的大小事，除夕那天再回到人間。為了避免他上天說壞話，人們想辦法用關東糖把他的嘴黏起來，或者用酒把他灌醉。

狻猊（ㄙㄨㄢ ㄋㄧˊ）

一個頭像獅子、身體像馬的大怪獸。他是龍的兒子，喜歡安靜，還喜歡煙火，故宮裡的香爐就是由他馱著。「煙戲」是他的拿手好戲。

狐仙

守護故宮後宮嬪妃的女神仙，洞光寶石耳環的主人，住在延輝閣。

螭（ㄔ）龍

龍的一種。故宮每座宮殿的底座上都有好幾個螭龍。天生喜歡玩水，喜歡在河流轉角的地方翻身，所以經常會疏通堵塞的河道。古人認為，有了他們的守護，故宮的下水道就不會堵塞了。

天鹿

住在儲秀宮。他是最純潔、善良的怪獸，能給人帶來幸福、長壽和考試時的好運氣。誰要是上了他的「梅花榜」，考試成績一定名列前茅。

目錄

壹 故宮裡多了一堆神……10
貳 景仁宮的怪事……33
參 嘲風的回憶……52
肆 喂！你在吃肉嗎？……72
伍 灶神的大嘴巴……87
陸 煙戲……104

柒　福袋裡的大獎……120
捌　流口水的怪獸……145
玖　奇妙的發明……162
拾　梅花榜……181

壹 故宮裡多了一堆神

【壹】故宮裡多了一堆神

快要過年了，天氣已經冷得不像話。

不到關門時間，故宮裡的遊客就都走光了。冰冷的傍晚，紅牆上只停留著一片金色的夕陽。

我坐在媽媽辦公室的窗臺上，舔了一下乾裂的嘴唇。這麼冷的天，我卻被媽媽拉到辦公室裡大掃除！一想到同樣放寒假的朋友們，這會兒可能正躺在溫暖的被窩裡打電動、看書、看電視……我就忍不住生起悶氣來。

門「哐啷」一聲開了條縫。

「喂！妳幹嘛呢？」楊永樂探進頭來，臉凍得通紅。

我甩甩手裡的抹布，說：「我媽叫我擦窗戶呢！」

「外面掛了門神呢！可熱鬧了，要不要一起去看看？」

楊永樂嘴裡一邊吐著白氣，一邊說。

「好啊！」

我把手裡的抹布一扔，披上羽絨大衣就跟著他跑了出去。

每年故宮一到臘月就開始給各大宮殿掛門神。聽說，從幾百年前的明朝皇帝就已經這樣做了。但是，往年掛門神，我大都放寒假待在家裡，從來沒親眼看過掛門神。

天不知什麼時候暗了下來，一輪明月掛在天上。

楊永樂在前面跑，我在後面追。兩個人一路上「咯咯」地笑著、跳著，胸口怦怦地直跳。

我們先跑到慈寧宮，這兒的門神已經掛好了。是美麗的仙女門神，白淨的臉，長髮高高盤起，上面飾著紅色的山茶花。一個穿著鮮綠色的長裙，背著滿滿的一籃壽桃。另一個穿著桃粉色的長裙，捧著紅色的蝙蝠，肩上的飄帶在空中飛舞著。

「為什麼要捧著蝙蝠？她不害怕嗎？」我嘟著嘴問。

「蝙蝠的諧音是『福』字啊，壽桃代表長壽，所以這幅門神的寓意是『福壽雙全』。」楊永樂搖頭晃腦地說。

「哦！」我表面裝得不在乎，心裡卻很佩服，楊永樂不愧為薩滿巫師，知道的可真不少。

我們接著跑起來，還沒跑多遠，不遠處的宮殿就傳來斷斷續續的吵嚷聲，難道有人在吵架嗎？這麼冷的天，誰會在這時候吵架？

我和楊永樂朝著聲音傳來的方向看去。那邊應該是太和殿吧！藉著明亮的月光，能看到一群黑影圍在那裡。

「走，看看去！」楊永樂說。

我點點頭，和他一起朝著太和殿跑去。

太和殿大門前的空地上，天馬、行什、押魚三個故宮大怪獸圍成了一個圓圈，正在大嚷大叫。

是誰讓怪獸們發這麼大的脾氣？我和楊永樂湊過去。

呃？那不是剛剛掛上兩天的將軍門神嗎？

兩位將軍門神，穿著大紅色的戰袍，披著閃亮的金色鎧甲，手裡拿著五彩銅錘，腰上還掛著弓箭，威風極了。

我還沒弄清楚怎麼回事，楊永樂就大聲問：「出什麼事了？」

他的聲音可真大，所有怪獸一起轉過身來，看著我們。

「小雨，是妳啊！來得正是時候，快來評評理！」

說話的是天馬，長著雪白翅膀的天馬，無論什麼時候都那麼優雅的天馬，這時候卻連身上的毛都豎了起來。

我慢吞吞地走到他們身邊，天馬和行什給我讓出一個空位。

可是還沒等我站穩，紅臉的將軍門神就拿大錘子指向了我，大聲警告說：「站住，請說出口令！」

我嚇了一跳，又比又劃地說：「我……我是李小雨，您可能還不認識我，我媽媽是故宮的倉庫保管員……」

「人類？」將軍門神愣了一下，但很快他看見了我脖子上的項鍊。「洞光寶石擁有者，人類，請說出口令！」

「你認識洞光寶石？」我吃驚地問，「你在故宮守了幾百年大門，你知道它是屬於誰的嗎？」

「請說出口令！」

將軍門神根本不在意我說了什麼，他黑色的眼睛緊緊盯著我的臉。

「什麼……到底是什麼口令？」我更緊張了，難道這口令和洞光寶石有什麼關係？

「妳來到太和殿，就必須說出太和殿的口令，否則妳最好待在原地，不要越過界線。」將軍門神不客氣地說。

「太和殿的口令？你知道嗎？」我轉過頭去問行什。

「知道！當然知道！而且我已經和他們說過上百遍了！他們還是不讓我進去！」行什氣得又蹦又跳。

長著猴子的臉、鷹的翅膀和爪子的怪獸行什，本來就暴躁脾氣，這個時候，紅色的猴臉都變成醬紫色的了。

「請說出口令。」

將軍門神面不改色地說。

行什尖聲回答：「紫微星！紫微星！紫微星！我不都說過好幾遍了嗎？口令就是紫微星，你還拿著那個破錘子對著我幹嘛？」

「口令不對，請待在原地。」將軍門神嚴厲地警告行什。

「別開玩笑了，怎麼會不對？」天馬不服氣地「哼」了一聲，「這是騎鳳仙人昨天親口告訴我們的。」

「那是舊口令。」

「舊的?你胡說什麼?我們根本就沒聽到過其他口令。」

「龍大人下了新口令,每個宮殿都換了新口令。」將軍門神回答。

行什轉頭問押魚:「你聽說過什麼新口令嗎?」

「我的神啊!」一直沒有說話的怪獸押魚捂住了頭,說,「我的頭都快想炸了,也沒想起什麼新口令。」

我瞪大眼睛看著押魚,這個龍頭、鯨魚身體的大怪獸,可是水族魚類的統領啊!從來沒見過他氣成這個樣子。

幾秒鐘以後,押魚恢復了平靜。

他盡量放緩語氣對將軍門神說:「守門神將們,龍大人下了新口令,他告訴你們了,但顯然,他還沒來得及告訴我們。通常龍大人的命令都是騎鳳仙人來傳達給我們的,如果恰好我們不在,那騎鳳仙人就會寫一張紙條,貼在太和殿的屋頂上，現在請你們向後看，看到身後那座宮殿了嗎？如果仔細看，就可以看到上面貼著一張紙條，那一定就是騎鳳仙人留給我們的新口令。」

紅臉門神向白臉門神揚了揚下巴，於是白臉門神轉過身去，看了看身後的宮殿。而紅臉門神的兩隻眼睛仍然死死地盯著我們，一刻都不放鬆。

白臉的將軍門神點點頭說：「是的，我看見了。那宮殿的屋頂上是貼著張紙條。」

「所以，我們能不能先進去看一眼那張紙條，再回來告訴你們新的口令？」押魚盡量友善地看著將軍門神們。

紅臉將軍門神客氣地對押魚說：「沒錯，你所說的也許都是真的。不過，我只需要正確的口令。而不是知道口令放在什麼地方。只要你說對口令，我就放你進去。既然你不知道口令，那我就不能放你進來。」

「我的神啊！」押魚再次捂住了頭。

行什這時候又跳了出來，他貼近紅臉將軍門神說：「你們是故意為難我們嗎？聽著，將軍門神，你們每年過年都會來守衛太和殿，怎麼會連我行什都不認識？你們去年不也見過我嗎？前年、大前年……甚至幾百年前，你們難道不是每年都碰到我嗎？」

「請別激動，神獸。」將軍門神不緊不慢地說，「你的確和怪獸行什長得非常相似，但沒有口令，我不能確定是不是有其他鬼怪變成這個樣子來冒充行什的。」

「誰敢冒充我行什！閃電！」

行什舉起金剛杵。

「咔嚓！」

幾乎同時，本來晴朗的夜空，平空出現一道金色的閃電。我和楊永樂呆呆地望著天空，心裡讚嘆，行什不愧為雷神啊！

將軍門神們的大錘一下子都對準了行什。

「請你保持冷靜！我們必須警告你，如果你擅闖太和殿，後果會很嚴重。」

行什大發脾氣：「我倒想看看，你們拿什麼擋住我。」

說著，他便展開黑色的翅膀，「騰」地飛上天空，向太和殿衝去。

但幾乎同時，紅臉門神的大錘像孫悟空的金箍棒一樣迅速變大，變成了巨錘。紅臉門神拿起巨錘使勁一揮，行什「嘭」地一聲，像一隻羽毛球一樣地被打飛了。

天馬、押魚、我和楊永樂，看著消失在夜空中的行什，都嚇得不敢說話。

過了好一會兒，楊永樂才小聲勸怪獸們：「為什麼你們不去其他宮殿試試？又不是每個宮殿都掛著將軍門神。其他門神也許好說話一點。」

天馬點點頭。「好主意！」

「現在看來也只有這個辦法了。」押魚嘆了口氣。

月光照亮了宮殿間的夾道，冰冷的氣息迎面而來。我們什麼都顧不上說，只是拼命地趕路，安靜的故宮裡，腳步聲顯得格外響亮。

繞過三大殿，就看到了守衛在養心殿門口的福祿門神。他們一副文官打扮，穿著長袍，頭上戴著烏紗帽，腰纏玉帶，文文靜靜地捧著蝙蝠和如意，冬瓜和海棠，每樣東西取一個字就是「福如東海」。

天馬眼睛一亮，說：「這兩位門神我認識！」

「真的？」押魚滿懷希望地看著天馬。

「沒錯，他們都是賜福天官，記得去年這個時候他們在故宮裡迷了路，還是我把他們送到養心殿的。」天馬肯定地說。

對啊！天馬可是故宮裡最搶手的計程車。

「住在養心殿也不錯呢！」押魚來了精神。

我們大步走了過去，剛進養心門，就聽見福祿門神大聲問：「來客請說出口令。」

口令？又是口令！

這可怎麼辦？我和楊永樂有點擔心地看著天馬。

天馬倒是一副很有信心的樣子，說：「嗨！兩位天官，還記得我嗎？我是天馬，去年你們在故宮裡迷路，是我幫你們帶的路。」

福祿門神微笑著點頭說：「怎麼會不記得？去年多虧您幫忙，還沒來得及謝謝您呢！」

「你們太客氣了。」一邊說，天馬一邊朝養心殿走去。「今年如果有什麼需要，天馬計程車也願意隨時效勞。」

「那就辛苦您了！」兩位福祿門神施禮表示感謝。

趁著這個機會，天馬已經走到養心殿門口。

「哪裡哪裡，這些天還要勞煩兩位守護養心殿，你們才真正辛苦。」

這時候，天馬已經摸到養心殿的大門了。

「我先進去了，兩位晚安。」

「神獸先等等，請先報出口令。」福祿門神一把攔住了他。

「口令?當然，紫微星。」天馬假裝鎮定地說。

「對不起，口令錯誤，我們不能讓您進養心殿。」

福祿門神和氣地將他請到了離大門幾米遠的地方。

「是嗎?」天馬滿臉通紅地說，「我說的是太和殿的口令，我以為所有宮殿的口令都是一樣的，原來不是。」

「是的，每座宮殿都有自己的口令，您既然知道太和殿的口令，那就只能去太和殿。」福祿門神客氣地說。

「哦，這樣啊！我只是心血來潮想到養心殿住住……」

天馬垂頭喪氣地退了出來。

「看來這招不行。」

「他們連武器都沒有，也許我們可以闖進去。」押魚出主意。

「你可別小看他們，他們都是天官。」楊永樂制止了他，「天官的法力深不可測。」

「那怎麼辦？」押魚哭喪著臉說，「要是天亮之前，我們都進不去任何宮殿，可就麻煩了……」

是啊！如果怪獸們這副樣子被哪個遊客看到了，可是要出大事的！

我鼓了鼓勁說：「我們去翊坤宮試試，聽說那裡掛的一直是娃娃門神，也許能找到辦法。」

怪獸們無奈地點了點頭。

翊坤宮的娃娃門神真可愛，胖嘟嘟的，脖子上戴著金項圈，留著鍋蓋頭。一個手裡拿穀穗，一個懷裡抱著紅珊瑚。

看到只是一點點大的小娃娃，怪獸們似乎又找回了信心。押魚最先走了過去。

沒想到紅衣服的娃娃門神一把就把他攔住了。他一手叉腰，一手指著押魚說：「什麼妖怪？快說口令！」

被人叫作妖怪，對怪獸押魚來說還是第一次。他氣鼓鼓地說：「沒錯，我就是妖怪，妖怪怎麼會知道口令？」

他這麼一說，兩個娃娃門神一下子緊張起來，他們攔在翊坤宮大門前。綠衣服的娃娃大叫：「你……你……這個妖怪，別看我們年紀小，我們本事大著呢！要抓你是輕而易舉的事情。」

「太好了！」押魚鬆了一口氣說，「快把我抓起來，關到宮殿裡去吧！

我是不會反抗的。」

兩個娃娃門神有點意外地愣了一下，緊接著興高采烈地拍起手來。

「看！我們抓到了一個這麼大的妖怪！」

「我們太厲害了！」

「看誰還敢小看我們！」

……

押魚有點等得不耐煩了，說：「麻煩你們能不能快一點把我關進去，再過一陣子，恐怕天都要亮了。」

「對，把你關進去！」

紅衣服的娃娃門神剛要打開宮殿大門，就被綠衣服的娃娃門神攔住了。

「不行。」綠衣服娃娃門神說，「他沒有口令，沒有口令我們就不能讓他進宮殿。」

「不是進去，是被關進去！」押魚大聲說。

「那也不行！」娃娃門神肯定地說，「不過我們倒是可以把你暫時關在門前的廣場上。」

「廣場？那還叫什麼關……」押魚失望透了，看來這個主意也失敗了。

月亮已經向西方移去，天快亮了。

正在大家都已經徹底絕望的時候，翊坤宮的大門卻被打開了。

一隻羽毛如煤炭般黝黑的仙鶴從門裡走了出來，他剛要展翅飛翔，就看見了門前坐著的大怪獸，和快被凍僵了的我和楊永樂。

「有什麼需要幫忙的嗎？」仙鶴優雅地走過來問。

啊！這不是太和殿前的玄鶴嗎！傳說仙鶴為有靈性的鳥，一千歲的仙鶴會變為灰色，而兩千歲的仙鶴全身的羽毛則會變黑，被稱為玄鶴。

「玄鶴？你怎麼在這裡？」天馬意外地說。

「我是來這裡找翊坤宮的銅鶴串門子的。」玄鶴說，「可是天馬、押魚，你們怎麼在這裡？」

「哎，別提了。」

天馬一字一句地說了起來：怎麼被將軍門神擋在太和殿門外，又怎麼被養心殿的門神轟了出來，最後來到這裡。

聽完後，玄鶴「哈哈哈」地大笑起來。

「我已經上百年沒聽過這麼搞笑的事情了。不就是太和殿的口令嘛！我知道啊！」玄鶴說，「和我一起回太和殿去吧！」

怪獸們終於鬆了口氣。我們也可以回去睡覺了。

回媽媽辦公室的路上，我問楊永樂：「你說，將軍門神會不會知道洞光寶石的祕密？」

楊永樂撓撓頭說：「就算知道，他們也不會說的，門神可是嘴巴最嚴的神仙。」

遠處的天空已經漏出了白邊，我深深地吸了口氣，洞光寶石到底是誰的呢？它又為什麼會來到我身邊？我越來越好奇了。

第二天我就聽說，行什被將軍門神一錘打飛後，撞到角樓柱子上後暈了過去。醒來的時候，他的神情有點恍惚：「我叫什麼來著？哦……航行？不對，是航……空，呃……人行道？對，對，是行十一！」

直到幾天後，行什才終於想起了自己的名字。從此以後，他再也不敢惹門神了。

貳 景仁宮的怪事

門神剛掛上沒幾天，故宮裡卻開始鬧鬼了。

景仁宮鬧鬼的事，最初是警衛班一位值夜班的叔叔提起來的。沒想到，幾天後整個故宮都傳遍了。

其實，在這之前我就聽故宮看門人王爺爺說過，景仁宮曾經被叫做「鬼宮」。那是因為一百多年前，清朝光緒皇帝最美麗的妃子珍妃被慈禧太后下令扔到井裡淹死了，而珍妃死前就一直住在景仁宮。珍妃死後，這座宮殿就變得奇怪起來，再也沒人敢接近。宮裡開始傳說，景仁宮是一座不祥的宮殿。宮裡的法師還特別在景仁宮北面牆上掛了一面鐵牌，在南邊夾道的石頭上，刻上了一道門，都是用來鎮邪的。

這畢竟是一百多年前的事情了，我媽媽和故宮裡的叔叔阿姨們從來不相信這些傳說，所以很少有人提起景仁宮不祥的事。

但是，最近景仁宮不祥的說法卻又在故宮裡流傳開來。因為，已經連續

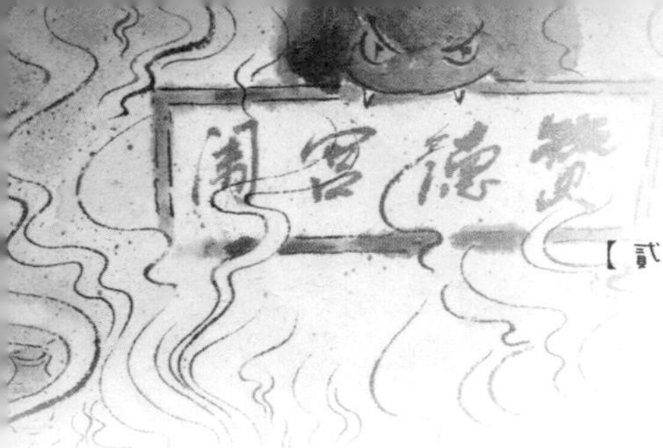

有幾個值夜班的工作人員在景仁宮「撞鬼」了。

「黑漆漆的一大片，就那麼晃啊晃的……」

文獻館的張阿姨告訴我媽媽，她的眼睛睜得大大的，就像她親眼看見了似的。

「可能是影子吧？」話是這麼說，但看得出來，媽媽也覺得挺奇怪。

「怎麼可能？」張阿姨晃著腦袋說，「保衛科的小王、總務處的六子、打掃衛生的李嬸兒……他們能連影子和鬼都分不出來？」

張阿姨走了以後，媽媽也開始嘀咕了：「到底是什麼呢……」

到底是什麼呢？

我坐在一旁，連寒假作業都沒有心思做了。

景仁宮不是剛掛上門神嗎？多厲害的鬼怪才能躲過門神守護的大門呢？

傍晚，我拿著貓糧去餵野貓們。剛下過雪，風有點潮濕。

「聽說景仁宮鬧鬼的事情了嗎？」我問野貓梨花。她在故宮裡可是無所不知的。

「嗯！連怪獸和動物們中都開始傳這件事了。喵。」梨花舔了舔鬍子。

「真的有鬼嗎？」我好奇極了。

「不好說。喵。」梨花說：「不過，除了中元節，我還沒在故宮裡見到過鬼。」

「聽說，景仁宮曾經是『鬼宮』。」

「這個啊！」梨花清了清嗓子說，「我聽我的姥姥說，我的姥姥曾經聽她的姥姥說，珍妃的靈魂的確曾經在景仁宮待過，慈禧太后怕珍妃報復自己，請來了很厲害的法師。不過，我姥姥說，珍妃很善良，不會傷人的。喵。」

我的眼睛都亮了，問：「難道說，珍妃的靈魂又回來了？」

梨花也挺好奇：「要不咱們晚上去看看？喵。」

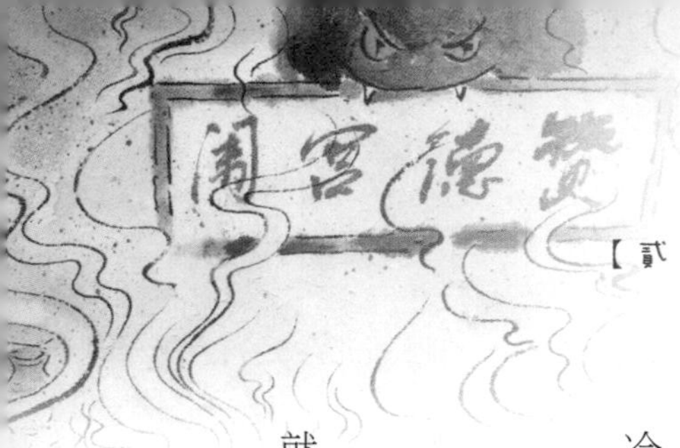

我有點猶豫，「可萬一是電影裡那種很厲害的鬼……」

「怕什麼？」梨花不在乎地說，「妳不是有洞光寶石嗎？而且還有法師的神牌鎮在那裡，再說，實在不行我們還可以跑啊！」

法師？我一下子有了個好主意。

「楊永樂不是說自己是薩滿巫師嗎？咱們帶他去不就行了？」

梨花站起來說：「那就這麼說定了，晚上八點咱們在景仁宮門口碰面。」

電視裡新聞聯播結束的聲音剛剛響起，我就從媽媽的辦公室出發了。天冷得出奇，好多地方結了冰，一不小心就會滑上一跤。

遠遠地，我就看見楊永樂守在景仁宮的門口，他居然到得比我還早。

「你害怕嗎？」我問他。

楊永樂胸一挺，回答說：「這有什麼好怕的？我們薩滿巫師的工作之一就是召喚鬼魂呢！」

「珍妃的靈魂會長什麼樣子呢？」我滿懷期待地望著景仁宮的大門。說實話，這真是座漂亮的宮殿。金黃色琉璃瓦的屋頂，屋簷下是五彩顏色的斗拱，上面畫著龍鳳呈祥的彩畫。窗戶上是數不清的菱花，如同墨色天空裡的星星。

這裡真的會有鬼魂嗎？能留在這裡的一定也是個漂亮的鬼魂吧？

沒過多久，梨花也來了。

「準備好了嗎？喵。」

「進去看看吧！」楊永樂回答。

宮殿大門居然沒有上鎖，黃銅的大鎖晃晃悠悠地掛在門上，這可太稀奇了！要是平時，景仁宮早早就鎖好了。到底哪個員工這麼粗心，居然忘了鎖門？這可不是小事，會不會是被鬼嚇壞了才會這樣？

楊永樂第一個走過去，輕輕推開宮殿的大門。沒想到，他的膽子這麼大。

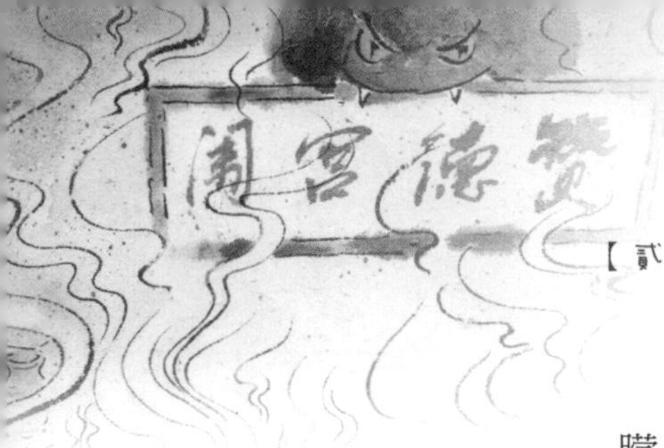

門「吱」地一聲打開了，出現在我們眼前的宮殿好像個洞穴一樣，沒有光，沒有聲音，屋子裡飄出木頭和霉味交雜的奇異氣味。讓我有點害怕，又覺得有點有趣。

梨花和楊永樂走了進去，我跟在後面。

景仁宮早已經沒有了皇帝時代的樣子，它被佈置成了展示館，一張張木頭方桌上，擺放著白色或綠色的瓷器，外面罩著透明的玻璃罩子。院落裡的燈光從我們身後照進宮殿，這些玻璃罩，好像沐浴著魔法的光，朦朧地浮現在眼前。除此之外，就什麼都沒有了。

「看起來不像有什麼鬼魂啊？」楊永樂的聲音聽起來有些失望。

「噓，別說話！喵。」

野貓梨花突然豎起了耳朵。

「聽，聽見那聲音了嗎？」

聽了梨花的話，我屏住呼吸使勁地聽。

「沙、沙、沙……」

我的耳朵真的聽到了很奇怪的聲音。

這是什麼聲音呢？

我環顧四周，什麼也沒有，除了那些蓋著瓷器的玻璃罩，什麼都沒有。

「沙、沙、沙……」

聲音越來越大了。

我的後背突然冒出一股寒氣，我一把抓住旁邊的楊永樂說：「我們，我們回家吧……」

楊永樂沒有動，他皺著眉頭，到處尋找聲音的來源。

「啊！在那兒……」

他突然舉起手，指向屋頂。

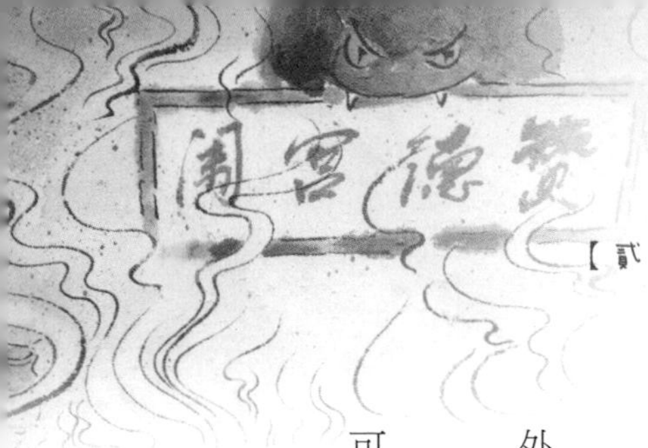

我順著那個方向望過去，就在那兒，那個寫著「贊德宮闈」的匾額後面，一個黑影露出頭。

「沙、沙、沙」

他有一對嚇人的紅眼睛，不，不只一對，他的身上也佈滿了這樣的紅眼睛。他漂浮在那裡，似乎在觀察著我們。藉著院子裡照進來的微弱的光，我甚至能看到他白色的尖牙……

「媽呀！」

我不禁後退了兩三步。梨花和楊永樂也嚇壞了，我們轉身，掉頭就跳到外面跑了起來，跑得上氣不接下氣。

一邊跑，我一邊想，我再也不會、再也不會到那個地方去了，那鬼魂太可怕！太可怕了！

我們一口氣跑到一片空地上，我一下子就坐到了地上，腿都軟了。

誰都沒有說話，楊永樂臉色慘白。倒是梨花，眨著兩隻大眼睛，好像是碰到了什麼納悶的事情。

「為什麼我覺得那個鬼那麼眼熟呢？喵。」梨花輕聲說，「那些紅眼睛，我真的好像在哪裡見過。」

「別吹牛了。」楊永樂說，「妳剛才跑得比我們都快。」

「我是被你們影響的。我梨花什麼沒見過，才不怕呢！喵。」梨花不服氣地說。

「哼！妳說妳不害怕，那妳敢再回去嗎？」

「誰不敢？回去就回去！我本來就想再回去看看到底怎麼回事呢！」梨花賭氣地說，「倒是你，還薩滿巫師呢！膽子那麼小。喵。」

「我才不怕呢！」楊永樂臉憋得通紅，「我只是……只是……怕妳們出什麼意外，才跟著跑出來的。」

「你說你不怕，那你敢和我一起再回去看看嗎？喵。」

「去就去！」

說著，楊永樂就朝景仁宮的方向走去，梨花不服輸地跟在後面。

「別鬧了，你們真的要回去？」

我想叫住他們，卻沒人理我。眼看著他們的身影越走越遠，我咬了咬牙，也追了過去。

真是的！這種事情有什麼好賭氣的！承認怕鬼很丟人嗎？好不容易逃出來，居然還要回去。我還沒抱怨完，一抬頭，居然就已經到了景仁宮門前了。

「這次我們偷偷從後門進去怎麼樣？喵。」梨花小聲提議。

我和楊永樂都點了點頭。

我們放輕腳步，轉到宮殿的後面。景仁宮的後門因為被老鼠們咬過，露出了一個不小的門縫。

楊永樂小心翼翼地湊過去，看了好一會兒，突然，他朝我們招了招手。

我和梨花輕輕湊過去，從門縫裡往裡看。

宮殿裡仍然黑漆漆的，但是很快，我的眼睛就適應了這種黑暗。憑著院子裡路燈照進去的一點點光亮，我看見一堆黑壓壓、亂糟糟的東西在地板上滾成一團。

這……是什麼？

突然一雙紅眼睛露了出來，我又被嚇了一跳，但忍住沒動。

那雙眼睛說話了：「真討厭，這繩子怎麼也解不開了。」

「我就說了，繩子不能繫成死結。」另一雙紅眼睛也冒了出來。

「別說了，趕緊解繩子吧！」又一雙紅眼睛。

更多的紅眼睛不停地冒了出來。

「蝙蝠的翼手本來就不是用來解繩子的，是用來飛的……」

蝙蝠？

我終於看清楚了，那團黑壓壓、亂糟糟的東西，不就是一群被繩子捆在一起的蝙蝠嗎？難道剛才的黑影就是他們？

「到底是誰想出用繩子把我們連在一起的主意？」第一隻說話的蝙蝠抱怨著。

很快就有蝙蝠回答了他：「如果不連在一起，我們的表演就太容易被揭穿了，不用繩子，我們自己根本就造不出一大片黑影的形象。」

「雖然繩子麻煩一點，不過剛才我們的表演非常精彩啊！」一隻蝙蝠說。

「尤其是我露出牙的那一瞬間，看那兩個孩子和那隻傻貓嚇的，哈哈哈。」一隻胖嘟嘟的蝙蝠得意地笑著。

「沒想到你還很有表演天賦。」旁邊的蝙蝠立即附和。

「我一直覺得自己在這方面很有潛力。」

「不過下次如果再有點聲音就完美了。」

「對，下次可以排練一下集體尖叫。」

「像剛才那個女孩一樣？『媽呀』！」一隻蝙蝠居然捏起嗓子學我的聲音。

「不過沒有上次那個警衛有意思，他那大嗓門『鬼啊』！」

「哈哈……」

「我肚子都笑痛了。」

保衛科的王叔叔要知道一群蝙蝠在後面嘲笑他，不知道會怎麼想。

我禁不住生氣起來，景仁宮的鬼魂居然是蝙蝠們的惡作劇！真想衝進去教訓教訓這幫傢伙。

還沒等我出手，一道白影已經衝進了宮殿。

「你們說誰是傻貓？喵。」

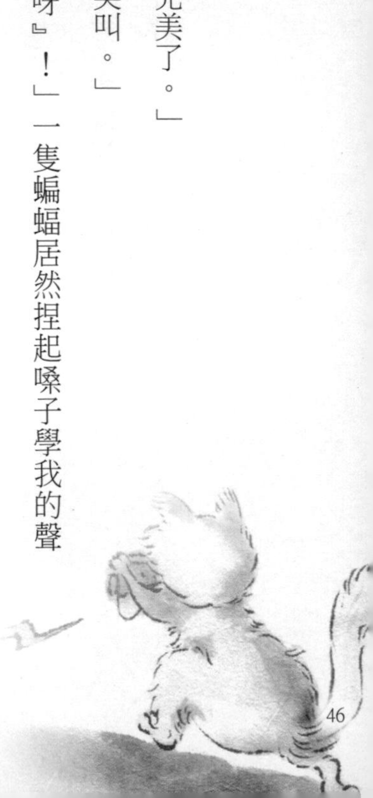

梨花兇巴巴地問。

蝙蝠們被突然出現的野貓嚇得到處亂飛，卻因為腳上都連著繩子，誰也飛不走，最後只能都癱倒在地板上。

「是……是……梨花大人啊！」一隻小蝙蝠說話了。

「哼，你認識我？喵。」梨花抬了抬下巴。

「住在故宮裡的動物誰不認識梨花大人啊！」小蝙蝠討好地說，「您可是《故宮怪獸談》的大主編。」

「既然認識我，那就老實交代，你們在這裡到底搞什麼鬼？喵。」

「我們也是沒有辦法啊！」小蝙蝠誇張地嘆了口氣，說，「想當年，我們蝙蝠在故宮可是吉祥物！玉器上、瓷器上、壁畫上、衣服的刺繡上，甚至皇宮的屋頂上都有我們蝙蝠的圖案，比現在的熊貓可風光多了！」

我點點頭。這個我知道，「蝙蝠」在古代的皇宮裡象徵福氣、富貴、快

樂和長壽。兩隻蝙蝠相對就是「雙福」，五隻蝙蝠圍成一圈那就是「五福」。要是蝙蝠和銅錢搭配在一起，那就是「福在眼前」。只要和蝙蝠有關的圖案，都寄託了人們美好的願望。

「可是現在，我們連住的地方都沒有了。」小蝙蝠用悲傷的聲調說，「這兩年，越來越多的老宮殿開始整修，開始對遊客開放。那些黑暗的、可以供我們休息和冬眠的地方在故宮裡幾乎沒

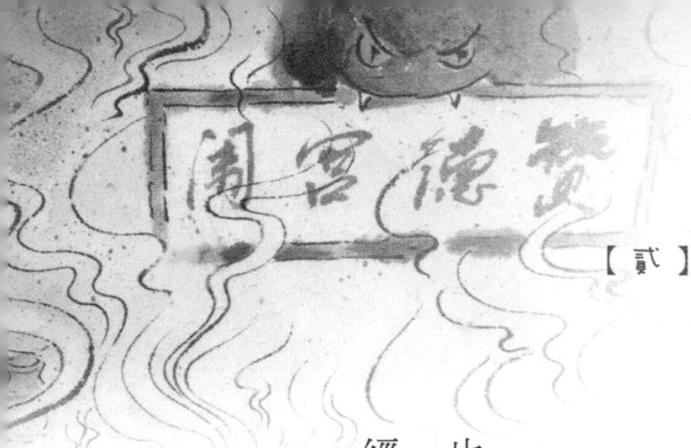

有了。」

小蝙蝠越說越傷心，居然「嗚嗚」地哭了起來。

「所以我們才想出了這樣的辦法啊！」一隻年長的蝙蝠接過話，「演一齣戲，扮成鬼魂，把人類都嚇走，搶一個宮殿來冬眠。」

「搶一個宮殿來冬眠？虧你們想得出來啊！喵。」梨花也跟著長嘆了一口氣。

「實在沒有別的辦法了。」

「但這終究會被人看穿的啊！」梨花搖著頭。

「那還能怎麼辦呢？」年長的蝙蝠說，「我們出生在故宮，其他的地方也不熟，雖然也可以飛到遠處的山裡去，但是眼看最冷的天氣就要來了，已經來不及了。」

「我倒知道一個地方……」我脫口而出，自己都把自己嚇了一跳。

蝙蝠們不知道門口還有人，聽見聲音後又被嚇得到處亂飛一陣，但是因為綁住腳的繩子還沒有解開，最後只能又癱倒在地上。

「不用害怕，這是我的朋友李小雨，後面那個男孩是楊永樂。喵。」梨花說。

蝙蝠們這才安靜下來。

「妳剛才說妳知道一個地方，是什麼地方？」年長的蝙蝠眨著一雙紅色的小眼睛問。

「我知道一個地方可以讓你們冬眠。就在離我家不遠的院子，以前是個拖拉機廠，但是早就停工了。廠房一直空著，連一個看門人都沒有。」

「真的？有那麼好的地方？」

「太好了！」

「真是理想的冬眠的地方。」

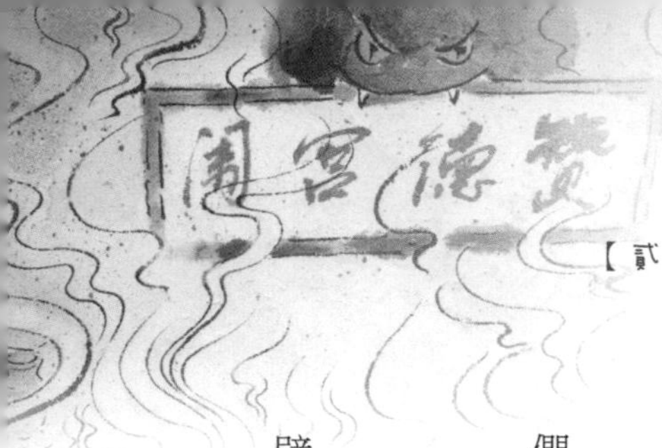

「現在就出發去看看吧！」

蝙蝠們一個接一個說起來。

「但是……」我趕緊把沒說完的話說完，「那個地方明年夏天就要蓋很高的大樓了，所以明年冬天你們就沒有地方啦！」

「這您不用擔心。」年長的蝙蝠說，「我們已經商量好了，明年春天就飛到西邊的山峰去，聽說那裡有個特別好的山洞，住得舒適，吃的東西也不缺。如果真是那樣，就再也不會回到城裡來了。」

「嗯。」我點點頭，「那我們明天一早就出發吧！我會騎著自行車幫你們帶路。」

「那就辛苦妳了！」蝙蝠們異口同聲地說。

「大家今天晚上就和故宮告別吧！」年長的蝙蝠說，「以後這裡只有在壁畫、瓷器、刺繡上才能看到我們蝙蝠了。」

叄 嘲風的回憶

北風在故宮紅色的宮牆裡打著哨子，天氣已經冷得凍手。很難相信，這樣的天氣裡，還能看到那麼美麗的一隻鳥兒。那隻鳥兒的翅膀，是少見的栗紅色，而頭上的羽冠簡直就像藍絲絨般絢麗閃亮。是隻連夏天都少見的鳥兒，此刻卻一動也不動地趴在乾清宮的琉璃瓦上，呆呆地看著戧脊上的怪獸——嘲風。

「這是什麼鳥兒啊？」我小聲問鴿子小灰點，他正和一群鴿子在我腳邊吃玉米粒。

「看樣子是綬帶鳥。」小灰點抬起頭，吞下嘴裡的玉米粒。「這種鳥兒不但長得漂亮，聲音也特別好聽。」

「為什麼以前從來沒見過啊？」

「這種鳥兒是喜歡溫暖天氣的鳥類，北京本來就很少見。就算飛到這裡，夏天一過，她們就早早地飛到南方去了。」陽光有點晃眼，小灰點瞇起眼睛看著屋頂上的綬帶鳥。

「那這大冬天的，她怎麼還在這兒？」

我緊緊盯著那隻漂亮的鳥兒，她的羽毛在初冬的陽光下泛著豔麗的光。

「如果我沒猜錯，這又是一隻被傳說騙了的傻鳥兒。」小灰點「哼」了一聲，「看著吧！過不了幾天，她就會被凍成冰棒的。」

說完，他低下頭，接著吃地上的玉米粒。

「傳說？什麼傳說啊？」

我蹲下來，在小灰點面前又撒了一大把玉米粒。

小灰點看著面前堆成小山的玉米粒，往我身邊靠了靠。

「關於嘲風的傳說啊！妳沒有聽說過嗎？」他歪著頭問。

嘲風的傳說？我只聽說，長著龍的身體、鳳凰的翅膀和五彩尾羽的怪獸嘲風，是故宮裡所有鳥兒們心目中的白馬王子，但傳說什麼的還真沒聽說過。

「什麼傳說呢？」我睜大眼睛。

「那還是我剛從蛋裡孵出來不久時，媽媽就講過的故事。」小灰點靜靜地說，「在鳥類間流傳著一個古老傳說，如果哪隻鳥兒得到了嘲風的愛情，就相當於得到東方最厲害的神靈盤古的心臟，就能擁有無限的法力，成為神鳥。」

盤古是中國最古老的神靈。傳說很多很多年以前，天和地還沒有分開，宇宙只是混亂的一團。是力大無比的盤古，用斧頭劈開了天和地，造就了今天的世界。盤古死後，他口中呼出的氣變成了風和雲，發出的聲音變成了轟隆的雷霆，左眼變成了太陽，右眼變成了月亮，隆起的肌肉變成了山脈，流淌的血液變成了奔騰的江河。而他的心臟就變成了大怪獸嘲風。從此，鳥類們就有了這樣的傳說，誰得到了嘲風的愛情，誰就能得到盤古的心。

「我是從來不信這種神話故事的。」小灰點驕傲地一甩頭，說，「但很多鳥類都相信這個傳說是真的。再加上嘲風又長得那麼帥氣，所以經常會有候鳥忘了飛往南方的時間，就守在嘲風身邊凍死了。」

聽完小灰點說的故事，我打了個哆嗦。那麼漂亮的鳥，因為一個傳說故事就要這樣活活在北風中凍死了嗎？

就在這時，綬帶鳥突然張嘴叫了幾聲，那聲音特別的清脆，銅鈴似的，彷彿想把沉睡中的嘲風叫醒。

「你去勸勸她吧？」我一把抓住小灰點，把他往空中「呼」地一扔。「趕緊飛上去勸勸綬帶鳥，讓她飛到南方去吧！也許現在還來得及。」

小灰點張開翅膀，在空中劃出一條弧線，卻又落到了地面上。

「沒用的。」他搖晃著腦袋，「故宮裡的烏鴉、鴿子、喜鵲……不知道勸過多少鳥兒，但只要相信這個傳說的鳥兒，就像著了魔似的，誰的話都聽不進去了。」

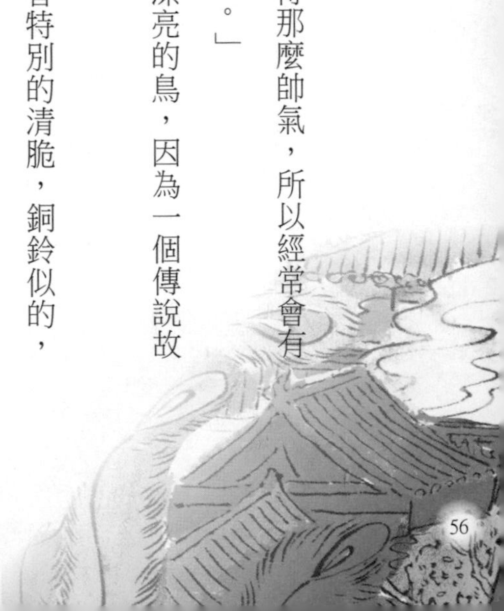

我皺起了眉頭，那可怎麼辦？難道就這樣眼睜睜地看著她凍死？不，怎麼我也要試試！

「你不去，我去！」我捲起袖子，準備去庫房找個梯子，爬上屋頂。

就算綬帶鳥不聽我的話，我也可以把她嚇走、轟走！

「沒用的，沒用的。」小灰點就像知道我想什麼一樣，說，「妳把她從這裡轟走，她還可以飛到其他的屋頂上、樹枝上，總之她是不會離開嘲風的，相信我。有時候，我都覺得那個傳說是不是潛藏了一股魔力，讓這些相信它的鳥兒們怎麼也不願意放棄。」

「那你說怎麼辦？」

這也不行，那也不行，我有點生氣了。

小灰點被我瞪得往後退了兩步。「也許……」他小聲嘟囔著，「妳可以叫嘲風勸勸她。」

嘲風？對啊！我怎麼沒想到。這主意準行的！

我像個皮球似的跳了起來，往珍寶館跑去。想要找到嘲風，必須找野貓梨花幫忙。她可是採訪過嘲風的貓記者，她創辦的《故宮怪獸談》是故宮裡最受怪獸、神仙和動物們歡迎的報紙。

「梨花，梨花……」

一邊這樣叫著，我一邊衝進了珍寶館的院子。

正趴在石階上曬太陽的野貓梨花被我嚇得弓起了身子。

「出什麼事了？喵。」

「快！」我大口大口地喘著氣，彷彿是從地球的盡頭一路跑過來似的。

「帶我去……帶我去找嘲風。」

「嘲風？嘲風怎麼了？喵。」梨花眨著眼睛問。

我飛快地把嘲風的傳說，快要凍死的綬帶鳥的事情說了一遍。

「快帶我去找嘲風，眼看著天氣越來越冷了。說不定綬帶鳥都過不了今晚。」我一口氣地說下去。

梨花把前爪併在一起，卻沒有動。「嘲風那傢伙，可不是個好說話的傢伙啊……喵。」

「怎麼也要試試啊！」我放開了嗓門，怎麼今天小灰點和梨花都變得這麼磨磨叽叽的。

「話是這麼說，可是每次被他冷冷的眼神看一下，我就渾身不舒服……喵。」

看她那副不情願的樣子，我只能使出絕技了。

我伸出一根手指頭：「一個貓罐頭……」

聽到「貓罐頭」三個字，梨花的頭立刻歪了過來。

「鮪魚口味。喵。」

「成交！」

這隻狡猾的野貓。

天黑得早了，不知不覺，故宮裡的路燈亮了起來，像星星一樣眨著眼睛。

梨花不慌不忙地走在我前面，貓的腳步，一點聲音都沒有。

沒走多遠，我就停了下來。

「喂！我們走錯路了，這條路是去御花園的，我們應該去乾清宮。」

梨花轉過頭說：「沒走錯，沒走錯，這個時候嘲風那傢伙一定待在那兒。喵。」

「哦！」

我點點頭，繼續跟著她走。

御花園的草坪上，亮著星星點點的地燈，把白天看不清的蜘蛛網都照亮

了。

我們穿過柏樹，來到一棵大得驚人的槐樹面前。那樹足足有三四公尺粗吧？樹葉已經落得差不多了，只剩下光禿禿的、蜿蜒的枝條，那些枝條像巨龍的爪子一樣，向四面八方伸展著。這棵樹的樹梢上，站著一個巨鳥般的怪獸。

「哈嘍！嘲風！喵。」

梨花遠遠地就打起了招呼。

龍爪槐樹上的嘲風動了一下，但沒有出聲。

「我知道，我知道。你不太歡迎我，因為那個影子的新聞，咱們之間有點誤會。」梨花自己打起了圓場，說，「但今天不是我來找你，是李小雨非拉著我來，你應該聽說過她，就是那個愛管閒事的丫頭……喵。」

沒等梨花嘮叨完，嘲風突然出聲了。

「妳，想上來嗎？」他看著我，眼睛亮得嚇人。

「我？」

我不自覺地往後退了一步，但想起了綬帶鳥，我還是點了點頭。

嘲風展開巨大的翅膀伸到我面前。金色的翅膀尖部的羽毛卻是栗紅色的，就猶如金色麥浪裡紅色的穀穗，這，也是綬帶鳥羽毛的顏色啊！

我抓住那翅膀，不過一瞬間，我已經坐到了龍爪槐的樹枝上。嘲風目不轉睛地看著我。

「我……我來是……」

被那綠眼睛盯著，我的舌頭突然不聽話了，結結巴巴地，半天也說不成句子。只能向樹下的梨花求助。可是，草地上只有一灘黃色的光，不知道什麼時候梨花已經溜走了。

「妳是為綬帶鳥來的吧？」

嘲風的話，讓我吃了一驚，差一點從樹上滑下去。

「你……你已經知道了？」

嘲風沒有回答我的問題，他轉過頭，眼睛看著遠方。

「是一隻漂亮的鳥兒啊！」

「你不會真的愛上她了吧？」也不知道哪裡來的膽量，我就這麼問出口。

想不到嘲風笑了起來。

「怎麼可能有那種事。」他搖著頭說，「那可不是容易的事。」

這倒讓我有點好奇了，「那個傳說，關於你和盤古心臟的傳說是真的嗎？」

「那個嗎？」嘲風嘆了口氣。是一聲如同吹過森林的風一樣的深深的嘆氣。然後只說了一句「應該是真的吧」，他的眼神就變得悲傷起來。

「真有這種事？」聽了這話，我吃驚得捂住嘴。這麼不可思議的傳說，怎麼可能是真的？

「我不信！」我脫口而出。

「誰願意相信這是真的呢？」他輕聲地跟我講了一個故事。

已經記不起是多少年前了，怎麼也有上百年了吧！那時候的故宮裡還住著皇帝、皇后、公主和王子們。無論是白天還是晚上，到處都是忙忙碌碌的侍衛、宮女和隨從們。

那時候的嘲風還堅信自己是龍的兒子，對於盤古的心臟這種傳說，聽都不願意聽。他喜歡冒險，會在月色特別好的夜晚在屋簷上和風神賽跑。

直到那天他遇到了她。

她是一隻雨燕，沒有顏色鮮亮的羽毛，沒有裙襬般的尾羽，也沒有漂亮的羽冠。她只有一雙黑亮的眼睛，那眼睛像傍晚海上閃耀的第一顆星星般的美麗。

她飛得可真快啊！

在那個特別溫暖的春天，就連風神也追不上她。

她就住在乾清宮的屋簷下。不知道從什麼時候開始，嘲風開始注意到她，和她那雙有些耀眼的眼睛了。

他們一起在夜空下比賽飛翔，有時他快，有時她快。

他們越飛越遠，飛過了金水河，飛過了復興門，飛過了紅螺寺，一直飛到了西山。有人在那裡建造了特別高的佛塔，他們一起站在佛塔上，看著天邊剛剛燃起的紅色的光。

突然有一天，雨燕說：「我們再飛遠一點吧！」

「飛到哪兒？」嘲風問。

「往南飛，飛過天山，飛過紅海，去你從沒去過的地方冒險，怎麼樣？」

雨燕的眼睛認真極了，嘲風的心怦怦跳著。

雨燕要南遷了，每年春天來到北京，秋天飛往南方，所有的雨燕都是這樣遷徙的。

嘲風卻不能走。他要守護在故宮，守護故宮裡的人們，那是他的使命。但一想到沒有雨燕陪伴的日子，嘲風突然覺得就像心裡的星星要隕落一樣。

「別走……」

幾乎是他說出口的同時，雨燕的胸口突然露出一縷金色的光。接著，那光越來越耀眼，連嘲風都閉上了眼睛。

等再睜開眼睛的時候，嘲風不禁嚇了一跳，因為面前的雨燕，原本灰色的、毫不起眼的雨燕，已經變成了一隻披著金色羽毛、金光閃閃的雨燕。

雨燕也發現了自己的變化，她睜大了眼睛。

「我變成神鳥了，金色的神鳥！」她跳了起來，「傳說是真的！」

雨燕飛了起來，在故宮的上空盤旋。

「看啊！我能喚來風……」

「看啊！所有鳥都跟隨我……」

「看啊！我居然會吐火！」

就在這時，一個火團從半空中掉到了乾清宮的屋頂上。

「夠了！」嘲風對雨燕大喊。

可是雨燕卻「哈哈哈」地笑了，就像一搖響就停不下來的鈴鐺一樣，笑個不停。

是那笑聲喚來了風吧？不知從什麼地方，「呼」地一下颳來了風。樹立即就嘩嘩地搖動起來，那火團的火焰一下子躥得超高。

火紅的火焰，足足膨脹了有幾倍，眼看著就要把乾清宮吞沒了。

「救火啊！」

「救火啊！」

宮裡的人們搬來了水車，可是已經晚了。那沖天烈焰，實在是太紅了，實在是太刺眼了……那火勢，很快就蔓延到整座宮殿。

乾清宮的大火……我突然想起媽媽曾經告訴我，就在清朝嘉慶二年，乾清宮曾經被天火燒毀，就是在這場大火裡，中國第一部百科全書《永樂大典》化為灰燼。

難道這就是那場大火的原因？

「然後呢？」我睜大眼睛看著嘲風。

「然後，我把金雨燕變成了一束光。」

嘲風的聲音，悲傷得有點顫抖了。

「一束光？」

「對，一束既不熱也不暖，卻耀眼的光。」他說，「只有這樣，用法力產生的大火才能停止，故宮才不會被那場大火燒毀。」

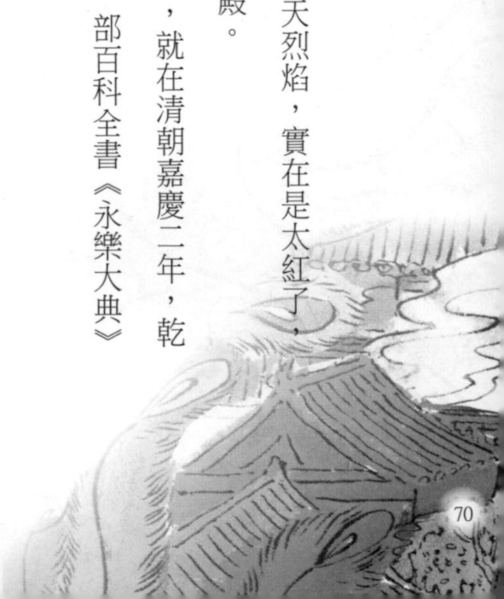

「雨燕就這樣消失了?」我有點不敢相信。

「不,她沒有消失,她化成光了。」嘲風肯定地說。

化成光?我想起民間有嘲風能化解反光煞的說法。就是把嘲風的塑像,放到反光強烈的地方,就可以避免住在屋子裡的人產生幻覺。

「每當人們把你放到耀眼反光的地方,你是不是就會想起雨燕?」我問。

「不,那就是她。」

看著嘲風認真的樣子,我的眼淚突然奪眶而出了。

「所謂的魔法,就是一種讓人悲傷的東西。」

嘲風用含混不清的聲音嘟囔道。

第二天一早,小灰點就飛來告訴我,那隻綬帶鳥已經被嘲風勸走了。

我點點頭,我想我知道嘲風對她說了什麼,他一定對她說,我的情人是一束光。

肆

喂！你在吃肉嗎？

我被搶劫了！在故宮裡。

這件事真的很奇怪，我想了一整天也沒想明白。

晚上七點鐘的故宮，誰敢在員工食堂裡搶劫呢？就算那時候食堂裡只有幾個加班的人，搶匪膽子也太大了。

更奇怪的是，這個搶匪動作也太快了，食堂裡的人沒有一個看清楚他的樣子。似乎一陣風吹過，大家盤子裡的肉就沒有了，而且每個人的後腦勺都挨了三下板子，超痛的。

沒錯，你沒聽錯。大家的錢包啊、手機啊、身上戴的珠寶啊，這些值錢的東西都沒有丟。只是盤子裡的肉被搶走了。

一個只搶肉的搶匪？我真的從來沒聽說過。

會不會是哪隻動作快的野貓或黃鼠狼搞的鬼？

我正這樣琢磨，野貓梨花就跑來向我告狀了：野貓們的魚肉罐頭全部被一陣風搶走了！每隻野貓的後腦勺還不明不白地被打了三下。

「會不會是黃鼠狼幹的……」

我話還沒說完，一隻黃鼠狼就跑來找梨花幫忙。他們的倉庫被搶劫了，裡面的糧食、水果一點也沒丟，但是肉全沒了。看管倉庫的黃鼠狼，每個後腦勺都被狠狠地打了三下。

很快，怪獸食堂也傳來了消息，怪獸椒圖吃到一半的牛肉麵裡的牛肉被搶了。不過椒圖不愧為防禦能力最強的大怪獸，那個搶匪還沒來得及打他後腦勺，他就已經躲到了自己的殼裡。

「我要用一個版面的《故宮怪獸談》來報導這個可惡的搶劫犯！喵。」梨花氣得身體發抖，大主編發脾氣了。

「怎麼會有這麼殘忍的搶匪，只搶肉……」黃鼠狼們滿眼淚水說，「那可是我們準備生日宴會時吃的。」

「我去找朝天吼想辦法，一定要把這賊找出來！」怪獸椒圖氣呼呼地說。

然而，事情並沒有就此結束。

第二天一早，員工食堂的廚師就發現，他掛在院子裡的臘肉全都不翼而飛。木器組張阿姨放在辦公桌上的牛肉乾也不知道被誰偷吃了，連包裝袋都沒留下。烏鴉們發現，門衛張大爺平時餵他們碎肉的碗居然是空的……

最讓我生氣的是，媽媽一大早買給我的肉夾饃居然一轉眼就不見了！

「咦？我明明就放在桌子上？」媽媽上上下下地找了半天。

「要不要報警啊？」我氣壞了，「這個搶匪實在太猖狂了！」

媽媽「噗嗤」一下被我逗樂了，「為一個肉夾饃報警？」

「不光是肉夾饃，還有食堂的臘肉、張阿姨的牛肉乾、野貓們的肉罐頭……」

「我看啊！」媽媽笑著說，「肯定是故宮裡出了個饞貓兒。」

下午放學，我買了牛肉貓罐頭，小心地把它們藏在書包裡的書本下面，這下不會被那個搶匪發現了吧！

我跑到鐘錶館，野貓梨花、小藍眼、大黃已經在那裡等我了。

「梨花！我買了牛肉味……」

「噓！」梨花左看右看，她壓低聲音對我說，「輕聲點，跟我來。喵。」

我一下子緊張起來，學著她們的樣子，輕手輕腳地走進放雜物的小屋。

「來這裡……」梨花一邊輕聲招呼，一邊和野貓們鑽到了一張木桌底下。

「是要給我看什麼嗎？」我有點納悶。

心裡雖然納悶，我還是跟著他們鑽到了木桌下面。可是，這裡除了野貓和我以外，什麼也沒有。

「為什麼要鑽到這裡？」我問他們。

梨花小聲說：「因為這裡安全。好了，現在妳可以把罐頭拿出來了！

喵。」

「什麼？」我生氣了，「你們費了這麼大勁把我帶到這裡，就是為了藏在桌子底下吃罐頭？」

梨花睜大眼睛說：「是啊！要是那個搶肉的搶匪又出來怎麼辦？我們想了半天，只有在這裡吃最安全。快拿出來吧！我的口水都快流下來了。喵。」

「為什麼是我們躲？明明應該是那個搶匪躲著我們……」我不服氣地拿出罐頭。

野貓們一擁而上，擠在罐頭周圍。

「想那麼多幹嘛？吃到嘴裡才是最重要的。喵。」

哼！我輕蔑地看著他們。我才不會像你們這樣，我就要在最明顯的地方，大大方方地吃肉，看那個搶匪敢不敢出來。

說到做到。晚餐的時候，我故意拿著排骨在媽媽辦公室的院子裡吃。太陽還沒下山，冬天的晚霞暖洋洋地照在身上，沒有風又乾爽，我的心情開始變得好起來。偶爾在室外吃吃晚餐也不錯，我想。

突然，颳起了一陣風，鄰近的樹木飄起了一片金色的雨。

就在這個時候，從樹上傳來一個聲音：「喂！妳是在吃肉嗎？」

我吃了一驚，向樹上望去。我凝視著，幾乎不敢相信自己的眼睛了。枯黃的樹枝中，坐著一個金光燦燦的小銅人。他穿著官服，戴著官帽，手裡拿著一塊象牙做的牌子，牌子上寫著「齋戒三日」。

小銅人坐在那裡，他的眼睛閃閃發光，一臉不高興的樣子。

我微微一笑，回答道：「是啊！我在吃排骨。你要吃嗎？」

小銅人搖搖頭，認真地問：「你們為什麼那麼喜歡吃肉呢？一天不吃不行嗎？」

被他這麼一問，我很感興趣：「肉多香啊！怎麼會有人不喜歡呢？而且

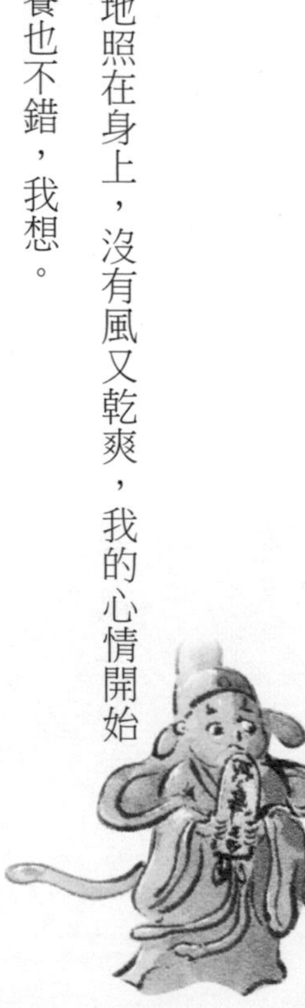

我媽媽說，肉裡面有很多營養，還含鈣，吃多了會長高。你看你那麼矮，就應該多吃肉。」

可是小銅人卻一副不為所動的樣子。

「真殘忍！你們這樣就相當於殺生。」他憤憤地說，「吃那麼多肉有什麼好？高血脂、高血壓、很多病菌……這些疾病不都是吃肉引起的嗎？」

「沒關係，那些都是吃太多肉才會引起。只要適量吃肉就沒事。」

「等到發現問題就晚了。」小銅人滔滔不絕地說，「不光是肉，大蒜、蔥、韭菜、辣椒這些東西都不該吃。另外，這幾天你們應該不聽音樂，不飲酒，不掃墓，不去看病，不參加聚會……」

我越聽越覺得奇怪。

「等等！」我打斷他，「你怎麼比我們學校的教導主任還嘮叨。不能這樣，不能那樣的，你到底是幹什麼的？」

小銅人被我問得一愣：「妳不認識我？」

「我為什麼會認識你？」

小銅人的眼睛暗了一下，但很快就恢復了精神。

「妳佩戴著洞光寶石就說明妳是巫師，巫師怎麼會不認識我？我是皇帝的齋戒銅人！」他響亮地回答，「妳沒看見我手裡『齋戒三日』的牌子嗎？」

「我雖然戴著洞光寶石，卻不是巫師，這是我撿來的。齋戒銅人是幹什麼的？」我眨眨眼睛問，「你也住在故宮裡嗎？」

這下子，小銅人像洩了氣的皮球，一點都不神氣了。

「妳居然沒聽說過我……」他的樣子失望極了，「我就住在齋宮啊！」

齋宮是故宮東邊的宮殿，我經常去那裡玩。齋宮是古時候皇帝祭天典禮前住的宮殿。在康熙皇帝以前，皇帝們祭天都是在天壇，所以故宮裡並沒有齋宮。但是康熙皇帝的時候，王子們為了爭奪太子的位置互相仇恨，所以雍

正皇帝登上皇位後，為了防止有人在宮外陷害自己，才在故宮裡修建了齋宮。

聽說，皇帝祭天前，都會在這裡齋戒三天。他與陪伴自己的大臣會帶上齋戒牌，這三天他不會吃肉，不會飲酒，甚至不會管理朝政。等到齋戒結束，他就會一大早去天壇祭天，祈求天神們降福給自己的國家和人民。那時候，齋宮是故宮裡非常重要的宮殿。但現在，齋宮已經變成文物展館了。

「你在那裡是做什麼的？」我問齋戒銅人。

「我的官可大了。」齋戒銅人驕傲地挺胸說，「我在齋宮裡是管皇帝的。」

「你敢管皇帝？」我有點納悶，古代的時候不是沒人敢管皇帝嗎？

「當然敢！我要時時提醒皇帝有所警惕，不要忘了用心齋戒。」他說，「皇帝齋戒那三天，我都會守在他身邊。只要有我看著，皇帝就不敢犯戒律。」

「呼！」我感嘆道，「那可不得了。但皇帝為什麼會聽你的呢？」

齋戒銅人得意地說：「我活著的時候是唐朝宰相魏徵，以剛直敢諫而著名。哪怕是皇帝犯錯，我也會直接指出來。就算皇帝生氣要殺我，我也毫不退縮。所以，皇帝們見了我都會忌憚三分。」

「原來是這樣。」我點點頭。

「可是現在已經沒有人怕我了。」齋戒銅人沮喪地說，「後天就是農曆十二月二十二日，是祭天的日子。有皇帝的時候，這一天都會舉行盛大的儀式，故宮裡的所有人都會齋戒。可是現在沒有人在祭天，更沒有人齋戒了。故宮裡無論是人還是動物，甚至神獸都明目張膽地吃肉，無論我怎麼做，都無法阻止任何人，這在以前可是無法想像的。」

吃肉……我突然明白了，那個專門搶肉的搶匪，應該就是眼前的齋戒銅人吧！為了阻止大家在祭天前三天吃肉，才不得已做出這樣的事情。但是，就算他這麼努力，大家還是在偷偷吃肉，不遵守齋戒的規矩，所以他才會這

麼失望。

「現在和以前不一樣了，很多人已經不相信有天神存在，所以也就不記得祭天的日子了。」我輕聲安慰他，「不過，你放心。肯定還有人記得祭天的日子，也會乖乖齋戒。」

「會有嗎？」齋戒銅人一臉不相信。

「會有的。」我肯定地說，「像我以前不知道這些事，現在知道了，我打算這兩天都不吃肉了。等到後天，我會好好去天壇拜上一拜，讓天上的神仙不要忘記我。」

齋戒銅人終於露出了微笑。

就在這個時候，頭上的樹枝「咔」的一聲，一陣風從我面前捲過，緊接著我的後腦勺被一塊硬牌子「啪、啪、啪」拍了三下。等我睜開眼的時候，飯盆裡的排骨肉已經不翼而飛了。齋戒銅人也不見了蹤影。只有一個聲音在半空中響起：「那就從現在開始吧……」

我一邊苦笑一邊揉著後腦勺，這個齋戒銅人還真不客氣。

吃完晚飯，我跑到鐘錶館，把這件事告訴了野貓們。

「原來是齋戒銅人啊！喵。」梨花呼了口氣。

「妳知道他？」我有點吃驚。

「我聽說七八年前，齋戒銅人也曾經大鬧故宮。不過那時候我還沒出生，我也是聽慈寧宮裡的一隻老貓說的。喵。」梨花說，「那次正好故宮裡展出齋戒銅人，不過這次是誰把齋戒銅人放出來的呢？」

這時候，野貓小藍眼接過話說：「你說的齋戒銅人，是不是銅做的，一個大花瓶那麼高，穿著官服，手裡還拿著塊牌子？喵。」

「沒錯，就是這個樣子。」我點點頭。

「啊……」小藍眼想起來了什麼，「我知道了！我昨天去西三所的青銅

組那裡吃貓糧，看見他們抱著這樣一個銅人進屋子了。喵。」

「是搬去修復的吧……」

這下大家都明白了，故宮裡專門搶肉的搶劫案終於水落石出。

和野貓們告別的時候，梨花殷勤地問：「小雨，明天什麼時候來送貓罐頭啊？喵。」

「我明天不帶貓罐頭了。」

「為什麼？喵。」梨花大叫。

我做了個鬼臉，小聲說：「祭天之前，齋戒三日。你們也陪我吃兩天素吧！」

「不要！」

在野貓們的慘叫聲中，我離開了鐘錶館。

農曆十二月二十二日那天，是個暖和的冬日。

一放學我就跑到了天壇，好好拜了拜天上的神靈。

等回到故宮我就聽說，怪事又發生了。前兩天員工食堂不見的臘肉，又重新掛在了院子裡。木器組張阿姨消失了的牛肉乾完完整整地回到了抽屜裡……

我剛推開媽媽辦公室的門，就看見媽媽手裡拿著那個三天前不見的肉夾饃呆呆地站在那裡。

看見我，她嘟嘟囔囔地說：「這肉夾饃……居然……居然自己飛回來了。」

不用說，野貓們發現他們被搶走的貓罐頭好好地放在臺階上，黃鼠狼的倉庫裡的肉也不知道什麼時候自己跑回來了。

就在所有人感到莫名其妙的時候，我卻鬆了口氣。

齋戒結束，又可以吃肉了！

伍

灶神的大嘴巴

臘月二十三那天，北京剛下過一場雪，天氣格外的冷。一大早，我穿著厚厚的羽絨衣，踩著「吱吱」的雪，去故宮西三所的開水房幫媽媽打熱水。故宮裡不准使用電熱水壺，所以在故宮工作的人，每天一大早第一件事就是去開水房打熱水。

開水房裡擠滿了叔叔阿姨們。天氣太冷，一根熱水管被凍裂了，熱呼呼的水蒸氣從開水房的窗戶裡冒出來，又白又濃，連旁邊人的臉都看不清楚。

就在這時，天空突然一下子暗了，一片烏雲遮住了開水房的屋頂。緊接著，「嘩啦啦……」一場大雨就下了下來，嚇呆了所有在開水房打熱水的人。

「這麼冷的天，怎麼會下大暴雨？」

「這種天氣就算下也應該下雪啊……」

「怎麼可能是雨，是自來水管凍裂了吧？」

「還有烏雲呢……」

「到底怎麼回事？」

還沒等大家弄清楚是怎麼回事，雨卻已經停了。烏雲散開，冰冷的雨水很快就變成了冰，開水房前面的地面變成了滑冰場。大家提著水壺，小心翼翼地躍過冰面，才發現整個故宮，只有開水房下了雨，其他的地方都好好的。這也太奇怪了。

「我們去查查自來水管。」一位工程部的叔叔一邊說，一邊跑開了。

我抬頭望望天空，太陽明晃晃的，是個晴朗的好天。這樣的天氣，突然下暴雨，怎麼想都覺得有點不尋常。

開水房的這場怪雨很快就傳遍了故宮，可是一直到晚上，工程部也沒查出是哪根自來水管惹的禍。

冬天來了，天黑得早。吃過晚飯，我窩在媽媽的電腦前看動畫片。

就在這個時候，有人……不，是有貓「哐」地一聲闖了進來。

「太好了，小雨妳在這裡。喵。」野貓梨花慌慌張張地跑過來。

「出什麼事了？」

「出大事了！」梨花誇張地說，「押魚闖禍了！喵。」

「大怪獸押魚？」

提起押魚，我一下子就想起早晨的那場怪雨，押魚可是著名的滅火獸，會噴水，還能興雲作雨。

「走！看看去。」

我穿上羽絨外套，繫上圍巾，跟著梨花出了門。

憑著手電筒的一點光亮，我和梨花在漆黑的故宮裡走著。路過乾清宮，穿過沒有路燈的外東路，就看見坤寧宮的輪廓了。

「怎麼去坤寧宮？押魚不是喜歡待在中和殿嗎？」

我一邊搓著凍僵的手，一邊問。

「妳到了就知道了。喵。」

梨花向前跑去。

乾清宮的大殿前，好幾個大怪獸已經聚集在那裡。獅子、狻猊、天馬、海馬、斗牛、行什、獬豸、麒麟……押魚不愧為好人緣的怪獸，闖了禍，這麼多怪獸都來幫忙。

押魚站在他們中間，他長著威風的龍頭、鯨魚的尾巴和老鷹的爪子。但現在的他卻耷拉著龍頭，愁眉苦臉的樣子。

「到底出什麼事了？」我走到他身邊問。

大怪獸押魚嘆了口氣說：「我實在太粗心了。」

原來今天早晨，站在屋頂的押魚，看到西三所那邊冒起了濃濃的白煙。

「那麼濃的煙，我想一定是失火了。」他說，「所以想都沒想就噴了水。結果，後來才知道，原來那是開水房的水蒸氣。」

果然和我猜想的一模一樣。

「你也是好心啊！」我安慰他，「如果要是真的著火了，那可不得了。就算弄錯了你也用不著這麼愧疚。只是清潔阿姨們要辛苦一點，把冰都鏟掉。」

「問題沒有那麼簡單……」旁邊的怪獸斗牛說話了。「神獸們降水都有嚴格的規定，除非故宮有火災，否則施展法力是要受到天帝懲罰的。」

「天帝的懲罰？」這我還是第一次聽說。我眼珠一轉說，「那不讓天帝知道不就行了？天帝每天要忙那麼多事情，這點事情，沒人告訴他的話，他應該不會知道。」

斗牛搖搖頭說：「要是別的日子也許能瞞得過去，可是今天，這件事肯定是瞞不住的。」

「為什麼？」

「因為今天是臘月二十三，等到晚上十二點一過，灶王爺就會去跟天帝打小報告。」怪獸狻猊悶聲悶氣地說。

「你說誰？灶王爺？」我睜大眼睛問，「故宮裡居然住著灶王爺？」

在我的印象裡，灶王爺都是老百姓們拜的神仙。奶奶說過，每個人家都住著一位灶王爺，家裡大大小小的事情都歸他管。他身邊跟著兩位侍奉他的神仙，一個捧著「善罐」，一個捧著「惡罐」，他們會把一家人做的好事、壞事都保存在罐子裡。等到臘月二十四這天，灶王爺就會上天把這些事情都向天帝報告。為了讓灶王爺多和天帝說好話，把壞話丟到一旁，奶奶和媽媽每年臘月二十三，都會為他準備糖瓜、元宵、麥芽糖、豬血糕這些好吃的東西。就是希望吃了這些又甜又黏的食物，灶王爺的嘴巴可以變甜一點，少說點壞話。

可是，故宮這麼大的宮殿裡怎麼會有灶王爺這樣的神仙呢？

「故宮裡每個宮的御膳房都供著灶王爺。喵。」野貓梨花似乎看透了我在想什麼，她說，「其中，嘴巴最大、最愛打小報告的就是坤寧宮神廚東牆上的那位『東廚司命灶君』。」

「東廚司命灶君？」我從來沒聽說過他。

「噓！小聲點。」梨花壓低聲音說，「那位灶王爺的耳朵特別靈。」

我點點頭，悄悄地問：「既然灶王爺還沒上天，大家為什麼不去找他商量一下，不要讓他把這件事告訴天帝呢？」

「我們也這麼想的，所以才找小雨妳來幫忙。」斗牛小聲說，「聽說這位灶王爺是位特別難說話的神仙，我們怪獸嘴巴笨，大家商量了半天，覺得還是小雨妳去替押魚說情比較好。」

「叫我去？」我有點意外。

「拜託了。」押魚真誠地說。

看著他為難的樣子，雖然沒多少把握，我還是點了點頭。

「那我準備一下。」

迎著冬夜呼呼作響的北風，我快步跑回媽媽辦公室，把媽媽今天祭灶神時準備的麥芽糖和米酒都塞進書包。我記得奶奶說過，灶王爺是個嘴巴特別饞的神仙，如果不想讓他說壞話，就用黏黏的麥芽糖把他的嘴巴黏起來就行了。雖然不知道管用不管用，但是我想先試試看。

回到坤寧宮的時候，月亮已經升到了樹梢。

野貓梨花和怪獸們跟在我身後，穿過坤寧宮幽暗的大殿，走進殿後的神廚。這裡原本是為神仙們準備食物的、熱鬧的廚房，但此刻卻靜悄悄的，四處都是厚厚的灰塵。

「嘎啦、嘎啦……」

門被推開，我輕聲說了一句：「打擾了……」

沒有人應聲，空蕩蕩的廚房裡沒有一點聲音。

我打開手電筒，上下照了照：「有人嗎？」

「哪裡來的這麼刺眼的光？」一個低沉的聲音不知道從哪個角落裡冒了出來。

我趕緊關上手電筒，小心翼翼地問：「請問，灶王爺在嗎？」

藉著窗外的月光，一個胖嘟嘟的、穿著官服、戴著高帽子的神仙慢吞吞地從東牆上走了下來。他伸了一個大大的懶腰，才轉過身，上下打量著我們。

「怎麼來了這麼多貴客啊？」灶王爺眨了眨眼睛，他的臉上長著兩撇搞笑的小鬍子。

看見他的樣子，我差點笑出聲。

這可不是笑的時候，我強忍住笑說：「因為今天是祭祀灶神的日子，我們是來給您送好吃的。」

一邊說，我一邊把關東糖掏了出來，恭恭敬敬地遞給灶王爺。

「希望您見到天帝後，能多說大家的好話，至於怪獸們不小心犯的一些錯誤，就不要提了。」

灶王爺看了一眼關東糖，又看了看我身後的大怪獸們，撇了撇嘴。

「妳說的是今天早上押魚亂噴水的事情吧？我還正想跟天帝好好說說這件事呢！現在的怪獸們連規矩都忘了，可得好好管管……」

還沒等他說完，脾氣暴躁的怪獸行什就忍不住了，他舉起金剛杵小聲嘟囔說：「我看還是把這個灶王爺一棒打暈比較好，看他還怎麼告狀。」

說完，他就要向前衝，被斗牛和押魚死死攔住，動手打神仙可不是一件小事。

灶王爺也注意到了怪獸中的騷動，往前走了兩步想看看是怎麼回事。

我趕緊擋在行什的前面，滿臉堆笑地對灶王爺說：「押魚是把水蒸氣當作著火的煙，才噴水滅火的，也算不上做了什麼錯事，您就不要跟天帝提這件事了吧！」

灶王爺「哼」了一聲，轉過臉說：「送我幾塊糖，就想叫我幫你們瞞著，你們也太小看我了。」

這下我可發愁了，這位灶王爺還真不太好說話呢！

我往後退了幾步，低聲和怪獸們商量。

「我說吧！還是一棒把他打暈最簡單了！」行什的臉憋得通紅。

「我同意，」獅子也說，「這個灶王爺這麼貪心，還是打暈了比較好。」

其他的怪獸都不同意。

「你們就知道打打殺殺。」狻猊說，「要是真的這樣做了，押魚的過錯不是更大了？」

行什和獅子都不說話了。

這時候一直沒說話的梨花突然小聲說：「我聽說灶王爺喜歡喝酒，酒量又不好，要不然我們把他灌醉吧！這樣就算他一會兒上天去見天帝把這件事說了，天帝也不會相信他的醉話的。」

「這個主意好！」我和斗牛齊聲說。

我從書包裡掏出米酒，走過去對灶王爺說：「我們哪會只帶著關東糖來祭祀您呢！您看，我還帶了特別好的酒。」

一提到「酒」，灶王爺的眼睛都亮了，他緊緊盯著我手裡的酒瓶。

我拿出酒杯說：「我雖然懂的規矩少，但是也和奶奶學過一些。祭祀灶王爺您，要奉三杯酒，就讓我先敬您三杯酒吧！」

說著我倒了滿滿一杯米酒，遞給灶王爺。

灶王爺高高興興地接過酒說：「這還差不多。」說完，一口氣就把酒杯裡的酒喝光了。

三杯米酒下肚，灶王爺的臉變得紅通通的，滿臉笑容，樣子比剛才可愛多了。

「灶王爺，闖了這麼大的禍，我也敬您三杯酒。還請您和天帝美言幾句。」押魚也端起了酒杯。

灶王爺笑瞇瞇地接過酒杯，「咕嘟、咕

嘟、咕嘟」，幾口就喝完了三杯酒。喝完了酒的灶王爺笑得更開心了，身體也開始搖晃了。

怪獸們一個接一個接過酒杯，每個人都要敬灶王爺三杯酒。灶王爺也一點都不客氣，拿起酒杯就喝得一乾二淨。

漸漸地，灶王爺連站都站不穩了。又喝了幾杯後，灶王爺「噗通」一聲倒在地上睡著了，怎麼叫、怎麼拍，也叫不醒。

我們把灶王爺扶到東牆邊，就輕手輕腳地離開了神廚。

「不知道灶王爺醉成這個樣子，還能不能上天見天帝。」我有點擔心。

狻猊說：「妳放心，到了時辰，他的兩位侍神就會出現，哪怕是抬也會把他抬上天去的。」

「天帝看到他這個樣子，不知道會不會生氣……」我嘟囔著。

「天帝應該不是第一次看到他醉成這個樣子了。」梨花說，「古書《莊

子》裡面曾經記載，灶王爺本來是一個比女人還漂亮、穿著紅色官服的美男子，但是因為嘴饞，喜歡喝酒，又不喜歡運動，才變成了今天這副胖嘟嘟的模樣。喵。」

「還真是一位有意思的神仙……」

「雖然有很多缺點，他卻仍然是一位好神仙。」押魚說，「靜靜傾聽人們的願望，保佑家宅的平安，告誡人們不要做壞事……人們老說『舉頭三尺有神明』，說的就是他，他是距離人類最近的神仙。即便坤寧宮已經沒有人居住，他仍然忠誠地守護在那裡，了不起。」

我回頭向神廚的方向望去。金色的月光下，神廚的門不知道什麼時候敞開了，灶王爺和兩位侍神正乘著彩雲，向墨藍色的天空飛去，背影閃著淡淡的金光。

一路好走啊！灶王爺。我默默在心中祝願，願您早日歸來。

陸 煙戲

【陸】煙戲

真冷啊！

過了小年，一天比一天冷。

看我每天在故宮裡閒逛，媽媽給我報了寒假補習班。

天黑得早，從補習班下課回到故宮時，街上的路燈已經亮了起來。寒風吹得我直打寒顫，這樣的天氣連怪獸和神仙們都躲起來了吧！

正這樣想著，就看見太和殿高高的屋頂上，一個大怪獸坐在上面。他個頭太大了，讓人很難不注意到他。冰冷的月光照在他身上，能清楚地看到他獅子般威風的頭，像獅子又有點像馬的身體。他的爪子抓著一根長長的魚竿，活像一個釣魚的老頭。

哈哈！我一眼就認出他了，是怪獸狻猊！

我跑過去，手做成喇叭狀：「狻猊！狻猊！」

狻猊低下頭對我揮了揮爪子說：「李小雨啊！這麼冷的天氣還出門

啊？」

「我要去補習班。」我喊道，「你在幹什麼？」

「我？」狻猊呵呵一樂，「我在釣雲啊！」

釣雲？有這麼好玩的事？

「拉我上去，拉我上去！」我跳著腳。

狻猊把魚竿朝我的方向放下來，一根透明的魚線垂到我面前。

「拉著線！」

我猶豫地拉了拉那根細細的魚線，這根線真的承受得了我的重量嗎？

「這根線太細了……」

「放心吧！這可是連雲都拉得住的線啊！」

我緊緊拉住那根線，就那麼一下，我被甩到了半空中。

「啊！救命……」我嚇得閉上了眼睛。

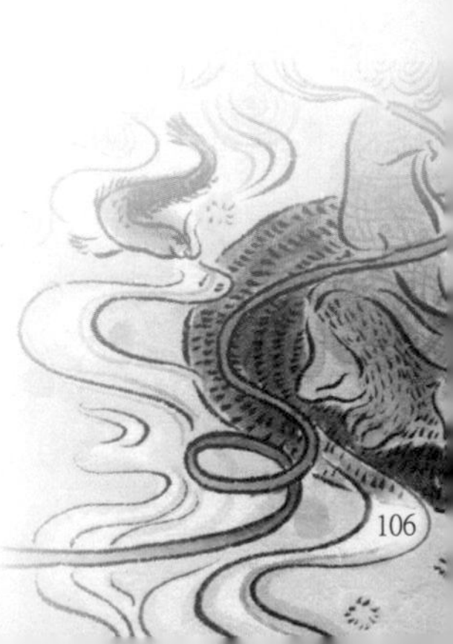

一個軟綿綿的東西接住了我。我睜開眼睛，發現自己已經趴在狻猊的背上了。

這種上屋頂的方式也太刺激了……

狻猊把我放在屋頂上，就甩起了魚線。魚線在我們的頭頂圍成了圓圈，忽然，狻猊猛然一使勁，魚鉤就向天空中飛去。它飛得太快了，我的眼睛都跟不上它的速度，不一會兒它就在我的視線中消失了。

很快魚線被繃得緊緊的，魚竿末梢向上擺動，狻猊用熟練的手法輕而易舉地把魚線從天空中拉下來，那上面已經掛上了一片墨藍色的雲彩。

狻猊用手捏住雲彩對我說：「這片雲彩有點小。」說完，他從魚鉤上小心地取下雲彩，一鬆手，那片小小的雲彩就緩緩地飄到天空上去了。

「你釣雲彩幹什麼？」我問。

「今天晚上表演煙戲要用。」

狻猊再次把魚鉤甩到夜空上。

「煙戲？」我望著他。

「是啊！每年冬天最冷的這幾天，我都要為怪獸和神仙們表演拿手的煙戲。」狻猊的眼睛緊緊盯著天空，「要不然，冬天就太無聊了。」

「可是，煙戲是什麼？」

「煙戲就是用煙表演的節目，就像你們人類經常用沙子表演沙畫，用圖畫表演動畫，差不多就是那個意思。」

「原來是這樣。」我點點頭，聽起來真不錯。我早就聽說，狻猊是很兇猛的大怪獸，可以吃掉老虎和豹子，但平時卻喜歡安靜，尤其喜歡坐在有煙火的地方，所以香爐上通常都會刻著他的雕像。他會跟著香爐的煙火一起吞煙吐霧。

「但是，故宮裡不是不許點火嗎？這樣的話，哪裡來的煙呢？」

「沒有煙火可以用其他的東西來代替……」

狻猊還沒說完，魚線又緊繃起來。這回狻猊費了些力氣才把那片雲彩拉了下來。他上下打量著這片青霧般的雲彩。

「風有點大。」他解釋，「不過，這片雲真不錯，大小合適，顏色也漂亮，就是它了。」

說著，他用魚線把雲彩綁緊了。

「妳晚上要來看嗎？」狻猊問我。

「我能去嗎？」我睜大眼睛，這可是個意外驚喜。

狻猊點點頭說：「不怕冷的話就來看我的表演吧！西三所的開水房，妳知道吧？」

「當然知道！」我使勁地點頭，「不就是押魚惹禍的那個開水房嗎？我每天在那裡打水。」

狻猊帶著我跳下屋頂，匆匆忙忙地向西邊走去，不一會兒，他的身影就消失在黑暗中。

我回到媽媽辦公室，把書包扔到一旁，隨便吃了幾口晚飯，就連跑帶跳地出了門。

憑藉著手電筒的光，我很快找到了開水房。

這個時候，開水房早鎖門了。可是，它的門口卻坐滿了神仙和怪獸們。

「李小雨？妳來了。」

「狻猊請妳來的？」

「快找個地方坐吧！一會兒就沒有好的位置了。」

「坐我旁邊吧，小雨！」

……

哇嗚！我認識的神仙和怪獸們都來了。不光是他們，還有好多我沒見過

的生面孔。

那個長得像熊的怪獸是傳說中的黃羆嗎？

那個全身雪白的怪獸是神獸白澤嗎？

那隻紅色的大鳥又是誰呢？

……

「坐下吧！煙戲快要開始了。」怪獸霸下拉了拉我的胳膊。

我一屁股坐在地上，哇！好冰啊！我一下子跳了起來，仔細一看，地上已經結了一層白霜。

「這種天氣坐在地上會拉肚子的。」

「人類還真是脆弱的動物。」霸下嘆了口氣說，「那妳坐到我背上好了。」

「那我就不客氣了。」

我舒舒服服地坐在霸下光滑的龜殼上，這裡比地面暖和多了。

開水房的門和窗戶突然「呼啦」一下敞開了，又白又濃的水蒸氣從門和窗戶裡冒了出來。

「只有這樣的天氣，才可以看到這麼濃的水蒸氣啊！」霸下輕聲讚嘆。

「水蒸氣？不是煙戲嗎？」我有點納悶。

「故宮裡不准燒火，哪裡來的煙啊？只有拿水蒸氣代替了。」

「原來是這樣。」我點點頭。

「這次熱氣看起來特別足，今天晚上有好戲看了。」霸下滿意地說。

他的話音還沒落，濃濃的水蒸氣裡，突然化出兩隻純白色的大鳥，他們拍打著翅膀，衝著我們飛過來。

「是仙鶴啊！」我瞇著眼睛抬起頭。

墨色的夜空下，兩隻雪白的仙鶴在我們頭頂盤旋，飛過的地方留下了細

細的白煙。忽然，他們一轉身，化成了無數的碎片。那些碎片變成無數隻小小的仙鶴，像花瓣一樣在半空中飄飄揚揚，越來越多。

「哇！」我忍不住讚嘆出聲。

「別說話，靜靜地聽。」霸下說。

我趕緊閉上嘴巴，豎起耳朵。怎麼回事？水蒸氣中居然傳來了仙鶴們的叫聲。

「嗝咕、嗝咕、嗝咕……」

像響亮的風的哨子，像星星的碎片掉落的聲音。

真好聽啊！

在這樣的叫聲裡，小仙鶴們聚在一起，一轉眼又變成了兩隻展翅的大鳥，飛著飛著像飄散了的煙霧一樣，在夜空中消失不見了。

這時，開水房的水蒸氣更加濃了。幾乎所有的人，都被這潔白的熱氣包圍了。

我彷彿一下子坐在波浪般起伏的雲海裡，就像上次和媽媽坐飛機時，在天空上看到的那種雲海。第一次坐在自己遠遠看見過的地方，美得都不真實了。

猓猊不知道什麼時候從水蒸氣裡鑽了出來。他手裡拿著一根粗粗的吸管，吸了一大口水蒸氣，然後張開大嘴「呼」地一聲吐出來。水蒸氣中就開出一朵巨大的白蓮花。

白蓮花晃動著，這是一朵溫馨而清新、夢一般的花。它慢慢變大，不一會兒居然變成了一片白色的荷塘。

水蒸氣如流水般地在我們身邊流淌著，一朵朵白蓮隨著這流水漂動著，仔細聞的話，甚至可以聞到它們清甜的花香。

猓猊拿出剛剛釣到的雲彩，奶白色的水蒸氣裡，墨藍色的雲彩就像是一

汪海水。一朵朵白蓮花漂到海水上，突然活了起來，它們變成了一隻隻白色的大魚，在海面上跳躍著。這群閃著銀色眼睛的魚，跳起來，再鑽進海水裡，只是看不到濺起的水花。

「好像是鮭魚呢……」怪獸霸下在我旁邊嘀咕，「我最愛吃鮭魚了。」

他出神地望著雲彩中的白魚，舔了一下嘴唇：「那可真好吃啊！」

話音剛落，海面上的白魚們突然跳進海水裡，不見了。

狻猊鬆了鬆拴著雲彩的魚線，雲彩緩緩地浮到了半空。在它下面，白色的水蒸氣中出現了一座宮殿，一座象牙般的小小的白色宮殿。

這時候，不知道哪裡來了一道金色的光，照到白色的宮殿上，宮殿瞬間變成了七彩的顏色，像是誰扯了彩虹的一角，搭了座美麗的宮殿。宮殿的四周還舞動著成百上千的光點……

「太漂亮了！」

「絕了！」

「真想摸摸……」

怪獸和神仙們都站了起來，圍到宮殿旁邊。

他們剛剛走近，宮殿的門「呼」地一聲開了，嚇了所有人一大跳。

一群白衣服的仙子像白蝴蝶一樣地飛了出來，她們落在怪獸的肩膀上，落在神仙的鼻尖上，落在我的睫毛上……

大家像孩子一樣，在雲霧般的水蒸氣中追逐著那些調皮的仙子。可是越是追，仙子的數量就越多。最後，我們簡直被仙子們包圍了，眼前只剩下白茫茫的一片。

突然，背後吹來了一股風。所有的仙子「呼」地一下被吹上了天。

接著，就下雪了。

是的，大家睜眼一看，這會兒水蒸氣中已經是漫天大雪。

那雪彷彿是從釣來的雲朵上飄下來的，在風中飛舞著。

我看得入迷了。

「今天就到這裡吧！」

狻猊像魔術師閉幕般地向大家鞠了個躬。

所有怪獸和神仙都鼓起掌來。

「狻猊的煙戲越來越了不起了！」

「只是水蒸氣就可以變成這樣，要是真的煙火還不知道會變成什麼樣子。」

「是啊，水蒸氣可比煙重多了。」

「太精彩了！」

大家連連稱讚。

狻猊關好開水房的門和窗戶，解開了拴著雲彩的魚線。一陣猛烈的北風吹過，吹散了水蒸氣，雲彩也飄上了天空，天地間又恢復了原來陰暗、冰冷的樣子。

天氣似乎更冷了。

行什打了個噴嚏，看了看天空：「真夠冷的，看樣子要下雪了呢！」

我吐了口白氣，也望向天空。就在這時，一朵小小的雪花落到了我的鼻尖上，涼涼的。

真的下雪了！這回不是狻猊的魔法。

怪獸們紛紛抬起頭。

「這是第一場雪啊！」

「今年的雪來得晚了些。」

「小雨，妳快回去吧！雪要下大了。」狻猊說。

我點點頭，圍緊頭巾，朝著大家使勁地揮揮手，就轉身向媽媽的辦公室

跑去。

風颼著，雪漫天飛舞，越下越大。

我打開了手電筒，在手電筒那圓形的光束中，雪花真像是一群白色的蝴蝶。

我在落雪的故宮中奔跑，聽著腳底下「咯吱、咯吱」的聲音，跑著跑著，連身體都變白了。到了媽媽辦公室的院子時，簡直就變成了一個大雪人！

好冷啊！手也冰冷，腳也冰冷。

我一下子鑽進暖和的屋裡，身上的雪像水蒸氣一樣消失了。

我站了起來，打開窗戶一看，窗外一片銀白。

白雪下的故宮，看起來是那樣的靜寂，那樣的優美。

就像是一場狻猊的煙戲。

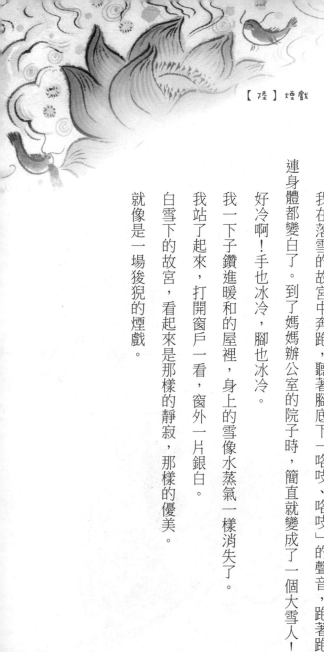

柒
福袋裡的大獎

又是那樣的袋子！

我心裡想。

最近這段時間，總是看見那樣的小袋子，紅色的，用絨布縫起來的小布袋，紮布袋的紅絲線上綴著一個「叮噹」作響的小鈴鐺。

我頭一次看到這樣的小布袋，是在過小年那天。

對，沒錯，那天媽媽特意買了又脆又甜還不黏牙的關東糖，說是給灶王老爺上供的。可是還沒等裝進盤子裡，就被我偷吃了好幾塊。

「叮叮噹噹！」

一陣鈴鐺的脆響，一隻黑白花的野貓從我的面前跑過去。

這不是壽康宮的野貓壯壯嗎？怎麼連個招呼都不打？急匆匆地幹什麼去呢？

他的脖子上掛著一個小小的紅布袋，上面的鈴鐺泛著金光。

從那以後，我一次又一次地看到了這種紅色的小布袋。有時候，一天會看到三四次。而且帶著布袋的有野貓、刺蝟、烏鴉、鴿子……這些故宮裡的小動物們，也有斗牛、海馬、行什、霸下……這些故宮裡的大怪獸們。他們有的掛在脖子上，有的繫在腳踝上，有的銜在嘴裡。他們一個個全都眼睛發光，嘴裡吹著口哨，或者哼著歌，好像在期待著什麼。

小布袋到底是做什麼用的呢？為什麼會在故宮裡這麼流行呢？

我越來越好奇了。可是每次想逮住誰問一問，小布袋的主人總是寶貝似的捂住自己的布袋，逃一樣地跑掉了。

這是怎麼回事？

幾天過去了。去吃午飯的路上，我看見楊永樂慌慌張張地跑出食堂，手腕上居然也掛著這種紅色的小布袋。

不行，我今天一定要弄個水落石出！

我悄悄地跑到他身後，一把抓住那個小布袋。

「這是什麼？」

楊永樂嚇了一跳，他一把從我手中搶過小布袋。

「是妳啊！」看到我，他鬆了口氣。

我看著他緊張的樣子，好奇極了。

「那布袋裡面到底裝著什麼？」

楊永樂一臉驚訝：「妳不知道嗎？」

「我知道什麼？」我睜大眼睛。

楊永樂看了看周圍，接著壓低了聲音說：「領福袋，拿大獎。這麼大的好事早就在故宮裡傳開了，妳居然不知道？」

他在說什麼？我從來沒聽說過福袋這回事，也從來沒聽媽媽或是身邊的叔叔阿姨們提起過。

這時，楊永樂拿起手裡的小布袋，對我晃了晃，裝腔作勢地說：「小年那期的《故宮怪獸談》妳沒看啊？那麼大的廣告，只要看了那期雜誌就不會錯過的。領福袋，贏大獎。那幾個大字耀眼得不得了。」

我這才想起了，野貓梨花已經好幾個星期沒給我送《故宮怪獸談》了。

那傢伙就是這樣，小氣得要命。

「大獎是什麼呢？」我問。

楊永樂湊到我耳邊小聲說：「是金元寶！」

「金元……」

楊永樂一把捂住我的嘴，「噓」了一聲。

「小聲點，別被人聽見。」

「為什麼？」

「還問為什麼，知道的人越少，領到福袋的人獲得金元寶的可能性就越

大！」

楊永樂貼在我耳邊，悄聲說：「等到太陽一下山，妳就跑著去延暉閣。到那裡妳就知道了。」

說完，他對著我搖了搖手裡的小福袋。「回頭見吧！」

因為實在是太好奇了，天剛擦黑，我就出發了。

延暉閣在御花園裡是一座挺不起眼的小樓，位置也偏僻。逛御花園的時候，稍稍不留意就錯過了。在故宮裡玩的這幾年，我就從來沒有見過它的門被誰打開過。

晚上來延暉閣，我還是第一次。走近了才發現，御花園遍布在草叢中的地燈，到這裡卻突然消失了。黑壓壓的一片，只有月光照出松柏們千奇百怪的影子，真的有點嚇人。

我心裡不由得責怪起楊永樂來，這哪有人啊？別說人，連隻老鼠的影子都沒有！

正這麼想著，兩團小小的黑影子「嗖」的一下，超越了我。

我被嚇了一跳，仔細一瞧，居然是兩隻老鼠。

好吧！我收回剛才的話，這裡還是有老鼠影子的。

兩隻老鼠飛快地跑到延輝閣的側面，一道小小的光亮閃過，兩隻老鼠就不見了。

這是魔法嗎？

我跑了過去，沿著老鼠們剛才走過的路，慢慢摸到房子的側面。真沒想到，這裡居然有一扇小門。

這扇門只有我一半高。門口掛著個牌子：福袋領取處。

難道楊永樂說的就是這裡？

我輕輕推了推門，門沒鎖，門的縫隙中透出來一道細細的紅光。

「有人……」

還沒等我問完，門「哐」地一聲開了，剛才那兩隻老鼠跑了出來。他們每隻脖子上都掛了一個紅色的小布袋。

看來就是這裡沒錯了。

我小心翼翼地彎下腰，爬進了小門。

這是間小房間，屋頂矮矮的和門差不多高。屋子裡掛著一盞小小的電燈，它照亮了屋子。

我弓著身子，打量這小小的屋子。沒有人，也沒有什麼家具，只有一張佔了半間屋子的桌子，上面放著幾個紅色的小布袋，而桌子上面貼著一張神像。是一位女神仙，坐在五彩祥雲上。神像下面還貼著一張紅紙，我湊近一點，看見上面用黑筆寫著：磕頭三次，領福袋一個。

我回過頭來看了看那位女神仙，沒見過。故宮裡的佛堂、聖壇不算少，可是我沒見過長成這樣的神仙。

不過，只是磕三個頭，就算沒有見過的神仙，也可以磕啊！

我沒多想，趴在桌子前面，規規矩矩地磕了三個頭。

在磕到第三個的時候，我模模糊糊地聽到了很細小很細小的笑聲。我猛然抬起頭，小小的屋子裡除了我，沒有別人，難道是幻聽嗎？管他呢！

我從桌子上拿起一個小福袋，在手裡掂量了一下分量，有點輕。如果裡面裝的是金元寶，絕對不會只有這麼點分量。

於是，我放下這個，又去挑了個分量最重的福袋。這個福袋拿在手裡感覺沉甸甸的，而且仔細摸摸還可以摸出裡面有一個圓圓、硬硬的東西。也許就是金元寶吧！我財迷地猜想。

行，就是它了！

我屁股朝後地退出了屋子。剛一站起身，我就飛快地跑起來。一口氣跑

到了神武門，跑得上氣不接下氣。

這裡的路燈明亮極了，我喘著粗氣，看著手心裡那個柔軟的小福袋。這還是我人生中第一次拿到福袋呢！別說福袋，就連彩券我也從來沒買過。

我屏住呼吸開始解開繫福袋的絲線，可是不知道怎麼回事，無論我使多大的勁，那根細細的絲線卻仍然綁得緊緊的。

也不知道過了多久，絲線仍然沒有解開，而我已經滿頭大汗了。

這時，我身後突然傳來一個聲音：「這個不是這樣玩的。」

我嚇了一跳。「是誰？」

我戰戰兢兢地回過頭去，只見一隻胖嘟嘟的刺蝟，露出滑稽的臉色，站在那裡。他的脖子上也掛著一個小福袋。

「你一直跟著我？」

我打量著眼前的刺蝟。

刺蝟搖搖頭，又指了指我手裡的福袋：「我是聽到鈴鐺聲，才過來看看的。」

「這樣啊！」我點了點頭。

「你剛才說這個不是這樣玩的？什麼意思？」

刺蝟輕蔑地瞥了我一眼：「這麼大的孩子還不認識字嗎？雜誌上明明寫著，福袋現在是打不開的。」

「為什麼？」我睜大眼睛。

「雜誌上說，福袋只有臘月二十九那天晚上在延暉閣才能打開。」刺蝟搖頭晃腦地說。

我看看刺蝟，又看了看手裡的福袋，說：「可是，明明只有一根絲線繫著，力氣稍微大一點的……」

沒等我說完，刺蝟就搖著一根手指說：「NO，NO，NO！我啊，看過好多

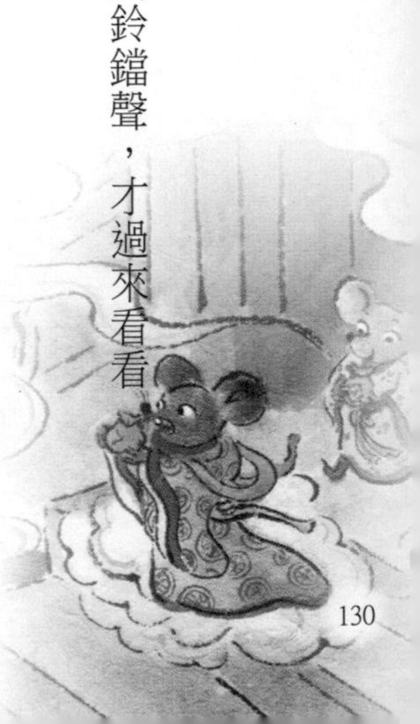

力氣比妳大的怪獸，都打不開呢！」

「哦？」

「我剛拿到福袋的時候，也想立刻打開看看，可是費再大的勁也沒用。後來，我就躲在延暉閣旁邊的松樹後面看別人怎麼做。妳猜怎麼樣？」刺蝟的小眼睛閃閃發亮，「無論誰拿到福袋，一出門，都想打開看看。狻猊那麼大力氣的怪獸，連他也打不開這個小小的福袋呢！」

刺蝟高興得轉了個圈。

「所以，我覺得肯定是送福袋的神仙，給這個福袋施了魔法！」

「魔法？」

「對。」刺蝟肯定地點點頭，「一定就是畫上的那位女神仙，她施了魔法，這樣所有的福袋都只能在臘月二十九那天打開了。」

「你認識畫上那位女神仙嗎？」我問他。

刺蝟搖搖頭：「我也是第一次見到這位女神仙。看樣子，說不定是哪位花仙吧！」

我有點納悶，花仙？這種天氣，花仙們不是早就冬眠了嗎？

「明天晚上見吧！」

刺蝟對著我揮揮手，就飛快地消失在冬青樹叢裡了。

臘月二十九，是媽媽春節前最後一天上班，一到除夕，大家都回家過年，連故宮都要關門謝客了。

天還沒黑，楊永樂來找我，他的手裡居然拿著兩個小福袋。

「你多拿了一個？」

我伸出手去，他卻把兩個福袋都藏在了身後。

「不是多拿的。」他不服氣地說，「再說，如果多拿了一個福袋，那個屋子的門就會關得緊緊的，誰也出不去。所以，只有拿了一個福袋的人，才

能走出那間屋子。」

「那你哪兒來的？」

楊永樂下巴一抬，得意地說：「贏來的。」

原來，他和黃鼠狼猜硬幣，誰猜對了就能贏走對方的福袋。

「現在故宮裡的動物和怪獸們對福袋簡直到了著迷的程度。」他說，「就算怪獸們對金子沒那麼感興趣，也都被這個遊戲迷住了。」

我點點頭，昨天晚上告別刺蝟之後，我碰到怪獸行什正在和霸下聊天，親耳聽到行什說好久沒玩得這麼開心了。

「走吧！」楊永樂催促說。

我望望窗外，一不留神，天空已經漆黑一片。

我繫上圍巾，跟在楊永樂後面，興奮地出了門。

一想到一會兒，說不定就能得到金元寶，賣很多錢來買自己想要的東西，我就全身充滿了希望。

穿過御花園茂密的松柏，走過金碧輝煌的欽安殿，就是延暉閣了。

往日黑暗而又不起眼的延暉閣，此時卻變得既明亮又熱鬧。

怪獸們在這裡點起了夜明珠，野貓們一隻不少地擠在一起，旁邊圍著刺蝟家族、老鼠家族和狐狸家族、黃鼠狼家族。怪獸們都靠邊站著，誰也不理誰。鴿子和烏鴉、喜鵲、麻雀們則幾乎把所有松樹、柏樹的樹枝都站滿了，那些已經上百歲的松柏們，「吱呀呀」地作響。

「借過，借過，抱歉……」

昨天那隻胖刺蝟正穿過一群黃鼠狼中間。

「哎呦！」

「你扎到我了，看著點走。」

「你這滿身的刺，小心點！」

黃鼠狼們不高興地埋怨著。

胖刺蝟不停地道歉：「對不起，對不起。」

一群剛出生沒多久的小老鼠高興地在擁擠的動物中竄來竄去。

「我都找不到方向了。」其中一隻說。他身邊的小老鼠們齊聲說：「我也是。」

我吃驚得嘴巴都合不上了。就算龍大人下了命令，故宮裡的動物和怪獸們也來不了這麼齊吧？我在心裡感嘆。

楊永樂說得沒錯，大家對小福袋的遊戲都「中毒」了。誰願意讓幸運女神從身邊溜走呢？

突然，大家一下子安靜了下來。

原來是延暉閣的大門打開了。大門上厚厚的灰塵像雪花一樣飄落。門後面，響起了一個銀鈴般的女人的聲音：「時候到了，各位可以打開你們手裡的福袋，看看有什麼樣的驚喜在等著你們。」

聽了這話，院子裡的動物和怪獸們立刻亂成一團。

「女神仙說話了！」

「快，快打開看看！」

「啊？我的福袋呢？」

「這絲帶是這麼解開的嗎？」

……

其實根本用不著解開絲帶，因為也就是幾秒鐘以後，所有人手中的小福袋就都「呼」地一聲敞開了。

每個人都趕緊低頭去看。

結果呢？

有的福袋中突然竄出一隻大飛蟲，嚇得拿著福袋的老鼠一下癱坐到地

上。有的福袋居然「啪」地一聲爆炸了，拿著它的野貓臉和爪子都被炸成了黑色。怪獸行什伸手去摸福袋裡的東西，結果只能舉著扎滿松針的手生氣大叫。

我看看自己手裡的福袋，倒沒什麼惡作劇，只有一塊圓圓的鵝卵石。而楊永樂從一個福袋裡倒出一小塊臘肉，另一個福袋裡則飄出一張印著金元寶圖案的貼畫……

大家都圍了過去，難道，這就是傳說中的大獎，金元寶？

就在這時，延暉閣的大門「嘩」地一聲敞開了。一個穿著白色絲裙、上了年紀的女人，站在那裡。她的頭髮全白了，一雙鳥一般灰色的眼睛閃著亮光。

「哇！野貓、刺蝟、狐狸、鴿子……天啊！連神獸們都來了。啊！那兩個孩子也來了！真是太棒了！這麼熱鬧、開心的晚上，已經上百年沒有過了吧？」

她一邊拍手，一邊痛快地大笑。那笑聲我聽起來有點耳熟，對了，領福袋那天聽到的就是這種又細又尖的笑聲。

「您是誰？」楊永樂站出來問。

「我？」老奶奶瞇瞇一笑說，「我就是你們這些天磕頭拜的女神仙啊！只不過啊，那張畫像畫的是我年輕時候的模樣。」

怪獸斗牛不客氣地問：「妳到底是哪路的神仙？膽敢這樣戲弄我們？」

「你們居然不認識本仙？」老奶奶看起來有點不高興，「我可是大名鼎鼎的、迷死人不償命的狐仙啊！」

狐仙？故宮裡居然還有狐仙？我睜大了眼睛。

但其他動物好像並不奇怪，他們早已捂著肚子笑成了一團。

「迷死人不償命……」

「那麼大年紀……」

怪獸斗牛沒有笑，他若有所思地說：「早就聽說延暉閣供著一位狐仙，卻一直以為是傳說。」

狐仙微微一笑說：「你們這些神獸守護的是朝前的皇帝，而我守護的是後宮嬪妃，你們當然見不到我。」

「既然無冤無仇，為什麼設下福袋這個惡作劇，看大家的笑話？」

狐仙捂住嘴，像個淘氣孩子似的咯咯笑著說：「別生氣，別生氣啊！我只是因為太寂寞了。一百多年了，延暉閣連個祭拜我的人都沒有，死氣沉沉的，沒意思透了。所以才想出了這個主意。看起來大家玩得都挺開心的嘛！」

斗牛一愣，嘟嘟囔囔地說：「好玩倒是好玩，但……」

狐仙一聽他這麼說，立刻就來了精神。她轉身一跳，跳上了延暉閣的屋頂，高聲對大家說：「要是大家覺得好玩，過一陣子我們再玩一次怎麼樣？

到時候我一定準備個有模有樣的大獎。洞光寶石耳環怎麼樣？等等，那個我好像已經扔了。那還是夜光杯吧！誰得到了就會有取之不盡的美酒哦！」

幾秒鐘的沉默後，延暉閣的院子裡爆發出一陣歡呼聲。

夜深了，動物和怪獸們陸續散去。我和楊永樂卻偷偷留了下來。狐仙嘴裡的「洞光寶石耳環」幾個字，不停地在我們腦海裡徘徊，難道狐仙就是洞光寶石耳環的主人？

蹲在延暉閣的門口，我們倆誰也沒有勇氣進去。如果狐仙是洞光寶石耳環的主人怎麼辦？真的要把這麼重要的東西還給她嗎？還給她的話，我們不再擁有聽懂動物和怪獸們語言的能力，不再能看見神仙們，神奇的故宮之旅是不是就此結束了呢？

這麼一想，我幾乎想逃跑了。

這時，延暉閣裡突然傳出了狐仙的聲音：「幹嘛垂頭喪氣的？想問什麼

就進來吧！」

我和楊永樂戰戰兢兢地走進大殿，狐仙目不轉睛地看著我們。

狐仙說：「你們是來問洞光寶石耳環的事情吧？」

這下，我和楊永樂都吃了一驚，眼睛都瞪圓了。

狐仙大笑道：「我知道人心裡在想什麼。那對耳環啊！是我故意丟掉的。為的就是讓你們這樣的人類撿到它啊！」

我愣住了，問：「您為什麼要這麼做呢？」

狐仙得意地說：「因為無聊啊！我早就厭倦了仙界的生活，想看看如果人類獲得了仙界的力量會發生什麼有趣的事情，所以就故意丟掉了這對耳環。」

「那現在呢？」楊永樂問，「您要收回這對耳環嗎？」

聽到楊永樂這麼問，我不禁捂緊了胸口，那裡是掛洞光寶石耳環的位置。

狐仙哈哈笑著說：「為什麼要收回呢？洞光寶石在你們身上不是更有意思嗎？那對耳環，暫時還是由你們保管吧！」

她突然壓低了聲音：「後面還會有更好玩的事情發生呢！等著瞧吧！」

「您指的是……」

沒等我問完，狐仙已經搧起了寬大的袖子。一時間，大殿裡突然颳起狂風。等我們再次睜開眼睛的時候，已經站在了延暉閣外的院子裡，四周的枯葉像雨一樣落了下來，延暉閣的大門已經關得緊緊的了。

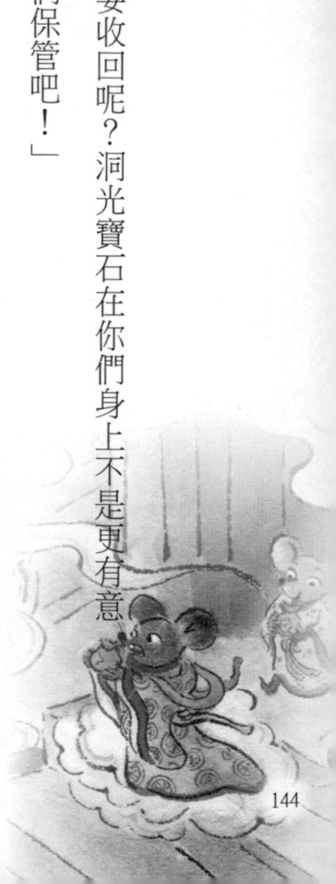

捌

流口水的怪獸

更好玩的事情?

狐仙說的更好玩的事情到底是什麼事呢?為什麼我會有不好的預感呢?

我皺著眉頭想了半天也猜不透狐仙的話。而大怪獸螭龍也是一副愁眉苦臉的模樣。

「前幾天，我的右眼一直在跳，怎麼都停不下來。」他對我說，「左眼跳財，右眼跳災。果然災難就來了。」

「怎麼能叫災難?你現在可是故宮裡最出名的大怪獸了。」我安慰著他，擦了一下鼻涕。

上週下過一場大雪之後，天氣越來越冷了。剛在屋子外面站了一會兒，我的鼻頭就凍得通紅。

「這哪裡是出名，明明是出醜。」螭龍說，「活了這麼多年，我還從沒碰上過這種麻煩。」

我同情地看著他，螭龍遇到的麻煩可比我的大多了。

大怪獸螭龍長著龍的頭和身體，但他頭上沒有犄角，耳朵像貓耳朵一樣尖尖的，有個大大的鼻子，嘴巴更是大得嚇人。他一笑就露出特別整齊的牙齒，是笑起來特別可愛的大怪獸。因為嘴大、肚皮大，能吞江吐水，螭龍一直守護在故宮各大宮殿座臺的周圍，不但能鎮水，還能幫助排水。遇到下雨天，就可以看到雨水從螭龍的大嘴裡噴出來，保護宮殿不會被雨水淹到。所以，動物和怪獸們常說，螭龍長了一張特別有用的大嘴巴。

可是令人想不到的是，問題就出在這張大嘴巴上。那還要從上周的大雪說起。

雪天的故宮最好看了，紅牆，白雪，琉璃瓦，遊人的腳步都沒了聲音。一到這樣的天氣，那些攝影師們就坐不住了，扛著大大小小的相機來到故宮裡拍雪景，故宮裡的鳥啊、貓啊、樹啊都成了那些精美照片的一部分。

但是第二天，不知道哪個攝影師把一張螭龍的照片傳到了網路上。照片上的螭龍，像往常一樣咧著大嘴微笑，只是那張大嘴下面凍上了一根根長長的冰柱，那模樣就像是流著滿嘴的口水。

攝影師為了增加效果，還在照片旁邊俏皮地寫了「怪獸們對著遊客流口水，好可怕」這樣的話，只幾天時間，這張照片就已被網友們轉發了上萬次。螭龍和他那張大嘴一下子出名了！

「故宮的管理員們幹嘛去了？把怪獸們餓成這樣！怪獸們見了人都流口水了！好可憐……」

「故宮管理太不嚴格了，要注重員工形象。」

「別看他現在一臉無辜，昨天就是他對著我流口水來著！是他、是他、就是他！！！」

「嬉皮笑臉的，一看就不是正經怪獸……」

消息一下子傳開了，遊客們湧到故宮爭相和螭龍合影。連故宮裡工作的叔叔阿姨們都特意來看流口水的螭龍。

最糟糕的是，故宮裡最受怪獸和動物們歡迎的雜誌《故宮怪獸談》也把這張照片印在了最醒目的位置上。這下，連怪獸和動物們都開始嘲笑螭龍了。

「螭龍頭上頂著雪的樣子，像不像頂著洗髮水的白泡泡？」烏鴉們的嗓門本來就大，說起這種事情來，嗓門就更大了，螭龍想不聽見都不行。

連海馬都特意跑過來問：「嗨，螭龍，你的口水……不，你的牙齒怎麼保養的？」

「我沒有保養牙齒。」螭龍悶聲悶氣地回答。

「怪不得，你要記住刷牙。」海馬一邊笑得捂著肚子，一邊說，「要不然，那些牙齒連口水都擋不住……哈哈哈。」

「牙齒本來就擋不住口水的，不信你試試……」螭龍老實地回答。

但這卻讓海馬笑得更厲害了。

在故宮住的這幾百年，螭龍一直過著安靜的日子。除非排水管堵塞，否則誰也不會注意到他。然而現在只是一張照片，就給自己帶來這麼多煩惱，這是螭龍怎麼也想不到的。

不過，照片、部落格、網路這些東西對螭龍來說實在是太陌生了，所以他決定找個人幫他出主意，而這個人就是我——最受怪獸們歡迎的小學生李小雨。

「其實太陽一出來，你嘴巴下面的冰柱就會化掉。」我看著他的臉，輕聲安慰他。

但螭龍卻一點都高興不起來。

他說：「可是一到晚上，化掉的雪水又會從我嘴裡流出來，結成冰柱。第二天一早，遊客們看到的仍然是我流口水的樣子……」

「再過幾天，天氣暖和了，雪就會化掉的……」我繼續勸他。

「誰知道這個冬天還要下幾場雪？」他陰沉著臉，蹲在那裡說，「整個冬天都成為故宮的笑話，這樣的生活還有什麼意思呢……」

我忍不住可憐起螭龍來。被人當作笑話，這種事我也遇到過。那是去年暑假前的事，媽媽帶我去剪了很短很短的頭髮，結果被同學們嘲笑了很久，那種滋味真讓人難過。

這麼一想，我不知道哪裡來了勇氣。

「好！我來幫你！」我拍拍胸脯。

螭龍情不自禁地笑了：「我就知道小雨一定有辦法！」

一聽這話我為難了，大話已經說出去了，可是我並沒想出什麼好辦法來。

到底要怎麼做才能讓螭龍不再被大家嘲笑呢？和螭龍告別以後，我就一直在想這件事。

白天寫寒假作業的時候在想，吃午飯的時候在想，晚上看著星星還在想……就連做夢都夢到螭龍那張大嘴巴流著口水的樣子。但是，無論我怎麼想，也想不出什麼好辦法來。

第二天螭龍早早就來找我，我只能搖搖頭。

螭龍失望極了，說：「如果連小雨也想不出辦法的話，我就只能把嘴巴閉得緊緊的了。這樣就不會有人嘲笑我了吧？」

螭龍把嘴巴閉上？那要是再下雪的話，故宮裡的宮殿不就要被雪水淹沒了嗎？這可不行！

「明天！」我向他保證，「明天我一定想個好辦法出來！」

螭龍剛離開，我轉身就向失物招領處跑去。

這是個晴朗的冬夜，月光少有的明亮，下雪後的空氣清新而濕潤。然而，對我來說卻完全不是這樣。

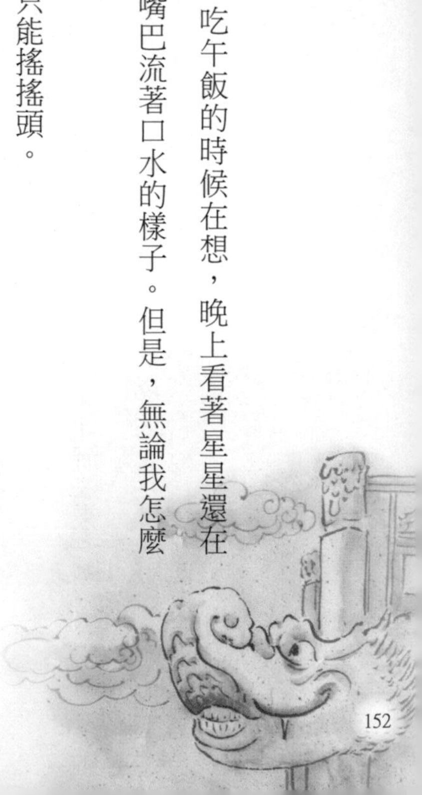

我必須在明天之前想出辦法。如果我想不出來，那楊永樂就必須想出來。

失物招領處橙色的燈光下，楊永樂正一邊咬著原子筆頭一邊寫寒假作業。我還沒進門，他就把頭抬了起來。

「嘿！真棒！我剛才還在想妳今天會不會來找我玩呢！」他眼睛裡閃著亮光。

我可沒他那麼高興。

「我不是來找你玩的。」我垂頭喪氣地說，「我是來找你出主意的。」

楊永樂一下子扔掉手裡的筆，說：「那就更棒了！」

「我還沒說是什麼事情，你就肯定你一定能想出主意？」

「那當然，我可是薩滿巫師。」他信心滿滿地說，「說吧！出什麼事了？」

我把螭龍被嘲笑的事情一股腦兒地告訴了他。只見楊永樂露出深思的神色：「那張照片我也看到了，沒想到會給螭龍帶來這麼多的煩惱。不過，這可不太好辦。」

當然不好辦，要是好辦我會那麼久都想不出主意？

我瞇著眼睛，學著他的口氣一個字一個字地說：「你可是薩、滿、巫、師啊！」

他的眼睛向上翻著，盯著天花板好一會兒，突然放低聲音：「也不是沒有辦法……」

我的心一邊撲通地跳，一邊問：「有什麼辦法？」

「既然是網路惹的麻煩，那就用網路的方式解決吧！」楊永樂乾脆地說。

他湊近我的耳朵，小聲說：「就在幾個月前，我交了個很厲害的新朋友，網路的事情找他準沒錯。」

「那個人在哪？」

「他就在故宮上班，明天早上妳會來故宮嗎？我帶妳去找他。」

我點點頭。

「明天我一定來。」

第二天一大早，我們約好在壽康宮門口碰面。

「跟我來。」一見面，楊永樂就跑了起來，我緊緊跟在他後面。

還沒到遊客湧進來的時間。我們沿著壽康宮外的西夾道跑了很久，直到看到一排矮矮的紅房子才停下來。

楊永樂輕手輕腳地打開紅房子的大門。這是一處小小的避風閣，有三扇門，通往不同的房間。

「還有這種地方？」我叫出了聲，楊永樂趕緊「噓」了一聲。

「安靜一點。大家都在工作呢！」

我在故宮待了這麼久，從沒聽說過壽康宮的夾道裡還有辦公室。什麼樣的辦公室會藏在這裡呢？我更好奇了。

楊永樂踮著腳尖走到左側的門前，寫著「數位展示組」的木牌掛在大門外，已經積了厚厚一層塵土。他把耳朵貼在門上聽了聽，嘎吱一聲，悄悄推開了辦公室的門，然後身子一閃溜了進去。隔了好一會兒，楊永樂才從門裡探出頭，招手讓我進去。

這間辦公室比我媽媽的辦公室還小，完全被書堆滿了。屋子裡有四張辦公桌，每張桌子前都堆了一座書山，我根本看不到辦公桌後面坐著什麼人。只能聽到敲打電腦鍵盤的聲音，變換著不同的節奏。

楊永樂帶著我繞到一座書山後面。

「莊姐姐，妳正在忙嗎？」眼鏡他輕聲問。

一個梳著短髮、戴紅色鏡框的女人從書堆裡抬起頭。

她驚訝地看著我們：「楊永樂？你們什麼時候進來的？」

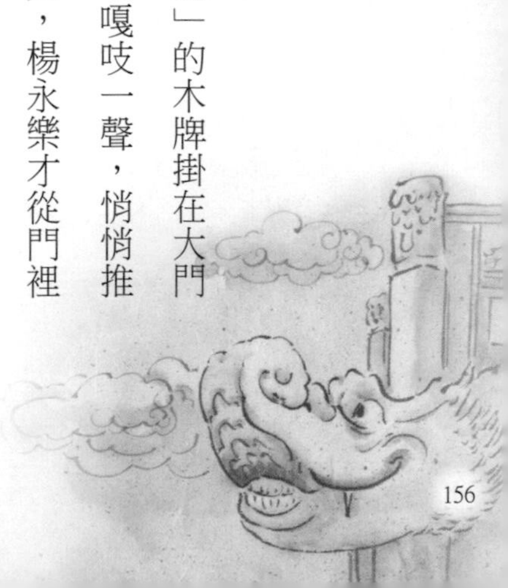

「剛剛進來的啊！」楊永樂回答。

女人低頭看看手錶，問：「這個時間，有什麼事嗎？」

楊永樂指著我說：「她是文物倉庫常阿姨的女兒李小雨，也是我的朋友，她有點急事想找姐姐幫忙。」

莊姐姐把滑到鼻樑上的眼鏡往上一推，對著我微微一笑。

「那麼，小雨有什麼事情需要我幫忙呢？」

她這樣一問，我倒是猶豫了。把螭龍的祕密告訴一個大人，真的可以嗎？讓一個大人知道怪獸們晚上會復活的祕密，她會不會當我是瘋子呢？

「怎麼？有什麼為難的事情嗎？」莊姐姐納悶地看著我。

「還是我來說吧！」楊永樂搶過話，「您已經看到螭龍流口水那張照片了吧？最近網路流傳很厲害的那張。」

莊姐姐笑了：「看到了，那張照片真有趣。」

我聽了有些生氣地說：「雖然有趣，但大家那樣嘲笑一隻怪獸可不太好！」

莊姐姐臉上露出好奇的表情。她把椅子往前移了移，看著我的臉說：「可是，螭龍不過是雕塑啊？」

我憋紅了臉說：「無論他是石頭的還是木頭的，他都是守護了故宮幾百年的怪獸，不應該被嘲笑……」

莊姐姐眨著眼睛，彷彿第一次遇上我這麼奇怪的人。

她笑著問我：「小雨很喜歡螭龍吧？我有的時候看螭龍也會覺得他像活的一樣呢！」

像被看透了祕密的小孩子似的，我的肩膀哆嗦了一下。她不會聽出來什麼了吧？

莊姐姐沒有繼續問下去，她把目光投向眼前的電腦螢幕，螢幕上，是一

張太和殿黃昏時的照片。

然後，她像是下了什麼決心。

「既然小雨找我幫忙，那我就試試看吧！」

「真……的？」我瞪大了眼睛。

「真的啊！不過也不敢說一定會成功。」

我好奇地問：「要怎樣做大家才不會繼續嘲笑螭龍呢？」

「當然是用網路的方法啊！看我的吧！」

她打開了電腦上的瀏覽器，重新趴到書堆後面，辦公室裡又只剩下敲打鍵盤的聲音了。

晚上，螭龍來找我。

「已經有辦法了。」我安慰他，「明天就會有消息的。」

螭龍放心地離開了，可是我卻擔心得一整夜沒睡，直到天邊變成了玫瑰色才迷迷糊糊睡著。等到我睜開眼睛時，已經臨近中午了。

窗外是光輝燦爛的大晴天。

「啊！真是好天氣。」我嘟囔著。這樣的日子，真想坐在御花園裡曬一整天的太陽。

想是這麼想，但醒來做的第一件事卻是打開電腦，莊姐姐到底會怎麼做，我一直不明白。

電腦螢幕的瀏覽視窗畫面一出現，最先顯現的又是一張大怪獸螭龍的照片。

和之前的照片不同，這張照片裡的螭龍正在藍天白雲下微笑，沒有冰柱，沒有口水，有的只是螭龍那張彷彿在說「你好」的笑臉。

照片旁邊寫著這樣一段文字：

「既然大家這麼感興趣，那就來說說我們的『正能量老員工』——殿階螭首。螭是龍的一種，守護在建築須彌座臺基周邊和四角，既取其鎮水之意義，又有排水的實際功能。下次看見它，笑一下吧！」

網友們再次被螭龍的照片吸引了。

「好可愛啊！怎麼辦？」

「給攝影師的飯盒裡多加點肉，照片拍得太好了！」

「真可愛，原來皇家建築也有這麼萌的地方。」

一下子，全都是稱讚的聲音了。

我鬆了一口氣，真沒想到，我怎麼都想不出主意的事情，竟然這麼簡單地被解決了。

這下，螭龍該滿意了吧？大家都說他是「正能量老員工」呢！應該不會有人再嘲笑他了。這麼想來，照片還真是有魔法的東西呢！

玖

奇妙的發明

我最近做了什麼錯事嗎？為什麼大家都躲著我呢？

剛剛過完春節，天氣已經暖和起來。

正月十五這一天，媽媽和我拎著一大袋子元宵來到故宮的辦公室。她說，要請那些沒來得及回家過年的叔叔阿姨們吃好吃的元宵。

但是，一走進西華門，我就覺得有點不對勁了。

本來停在樹枝上的烏鴉，一看到我就「呼啦啦」地全飛走了。好吧！就算鳥類是比較容易受到驚嚇的動物，但是野貓們見到我也拔腿就跑是怎麼回事？要知道，武英殿的那群野貓以前可是追著我的腳後跟要東西吃的。

還有那隻長年蹲在浴德堂後院的刺蝟，上次連警犬對著他叫，他都懶得動，今天我剛走到門口，他就「刺溜」一下不見了。我比警犬還可怕嗎？

我摸摸自己的臉，沒黏到奇怪的東西啊？我低頭看看身上的衣服，那件紅色運動服已經穿過不知道多少次，沒有一點奇怪的地方。

要說奇怪，楊永樂最近比我奇怪。每次看見他，他都無精打采的，也不太想玩，只要一有空，就鑽進失物招領處的小隔間裡，埋頭在各種機械零件之類的東西裡。

難道，故宮裡現在流行「奇怪」病？

我拿著貓糧來到珍寶館，正是吃午飯的時間，要是平時野貓們早都守在食盆前等著我了。可是今天，珍寶館院子裡空蕩蕩的，別說野貓了，連鴿子都不見一隻。

我納悶地在野貓們的食盆裡放好貓糧，剛要站起來，就看見鴿子小二黑停到了房樑上。

「喂……」

我剛一出聲，小二黑就像看到了什麼怪物似的，慌慌張張地飛走了。

絕對有問題！

我氣鼓鼓地向儲秀宮跑去，既然逮不到動物，那我就找個人問問。

楊永樂還待在小隔間裡，他面前的那一大堆零件已經變成了兩個紙牌盒大小的設備。

「你還在弄這些東西呀？你的作業寫完了嗎？」我問他。

他得意揚揚地揮著手中的東西說：「哈哈，總算完成了！我的發明！」

我仔細看了看那個盒子，藍色的外殼，白色透明的耳線，黃色的耳機，上面還有一個會閃爍的小紅燈，不仔細看就像個隨身聽。好眼熟啊！

「這不就是故宮的電子導覽器嗎？」我撇撇嘴。

來故宮裡參觀的人，很多都會租用這種電子導覽器。遊客每走到一處景點，導覽器上的小紅燈就會閃爍，耳機裡還會響起景點的介紹詞。

楊永樂不服氣了，他說：「這可不是普通的導覽器！」

「那這是什麼？」

「這是一個壞掉的導覽器。」

「哈哈……壞的……」

沒等楊永樂說完，我就捂住肚子笑了起來。

楊永樂可沒笑，反而板起了臉。

「妳聽我說完。它原來是個壞掉的導覽器，是我把它從垃圾桶裡撿回來的。不過經過我的改造，它現在已經不是個導覽器了，而是一個追蹤儀！」

「追蹤儀？」我把那個小盒子拿過來看了看，怎麼看都還像是個導覽器。

「吹牛！」

「真的！我會證明給妳看。」

楊永樂一臉認真。

「那你要追蹤誰呢？」我開始好奇了。

他解釋：「看警匪電影的時候，經常會看到追蹤儀這種東西，透過罪犯

手機的位置，員警拿一個儀器就可以透過衛星網路知道罪犯在哪裡。我得到很大啟發，就製作了這個靈界追蹤儀。它透過一種特殊的波長，可以追蹤到所有神獸、神仙，甚至鬼怪的位置。一旦這個追蹤儀探測到附近有神仙、怪獸，它的紅燈就會閃爍。附近的神仙、怪獸越多，紅燈閃爍的速度越快。同時，耳機裡還會介紹是哪個怪獸，或哪個神仙就在附近。」

「聽起來這真是個奇妙的發明！」我不由得稱讚道，「不過，它真有那麼神嗎？」

「當然！」楊永樂大方地把追蹤儀遞給我說，「走，我們現在就試試去！」

這時候，我早把自己為什麼來找楊永樂的事情忘光了。我接過他的新發明，把耳機塞到耳朵裡，就和楊永樂一起出門了。

我們走得很慢，邊走邊觀察追蹤儀的反應。但現在是白天，又是冬天，怪獸們和花神們是不會出現的。走了半天，追蹤儀只在御花園裡閃了一次，那是一個翠綠的樹精在樹梢上一閃而過。

「現在不好玩，我們晚上再出來試試。」楊永樂建議。

晚上，一起在食堂吃了我最喜歡的山楂餡元宵，我和楊永樂就帶著追蹤儀出發了。

這回可熱鬧了！追蹤儀的紅燈隔一會兒就會閃爍幾下。耳機裡不時地傳出聲音：

「前方，我們將到達斗牛附近，斗牛，神獸，可噴煙霧。」

「左轉一百米，我們將到達鳳凰附近，鳳凰，火神，永生，吉祥，百鳥之王。」

「注意，我們已經到達真武大帝附近，請避開，請避開。」

……

楊永樂哈哈笑著說：「妳看，是不是很靈？」

「太有意思了！」我佩服極了。

這個東西要是被野貓梨花發現，她一定會不擇手段拿到手吧？對她這種八卦記者貓，能隨時找到神仙和怪獸們，簡直是太方便了。

我正這麼想，追蹤儀卻出毛病了。

「右轉二十五米，我們將到達龍、麒麟、角端、天馬、海馬、獅子、辟邪、吻獸、嘲風、城隍、九天玄女、蒙古神、狐仙、財神……」

就這樣，追蹤儀不停地報出怪獸和神仙們的名字，紅燈也閃個不停。

「是不是壞了？」我問。

「不可能啊！」楊永樂一把抓過追蹤儀，弄了半天。可是，追蹤儀的紅燈還是閃爍著，新的怪獸和神仙的名字一刻不停地被報告出來。

「怎麼回事呢？剛才還很靈呢！」他嘟囔著，不相信自己的發明這麼快就壞了。

我也有點好奇，剛才還很管用的追蹤儀，沒有撞到也沒有進水，為什麼一下子就壞掉了呢？

「要不然我們按照它說的方向去看看？」楊永樂不甘心地說，「萬一真有那麼多的怪獸和神仙……」

我笑了笑，心裡明白這是不可能的事情。怪獸和神仙們都喜歡獨來獨往，即便出了大事，也只是少有的幾個會碰頭，這麼多的怪獸和神仙聚在一起，能幹什麼呢？

我心裡雖然這麼想，嘴裡卻說：「好，我們去看看吧！」我知道楊永樂的脾氣，不親眼看到，他是不會甘心的。

右轉不遠處是寧壽宮，我們按照追蹤儀的指示，向那個方向走去，穿過衍祺門，過了古華軒往右轉。其實就是沿著古華軒北側的廊道一直往右面走。

然後，再慢慢地往寧壽宮花園走去。在月光的照射下，宮殿上的琉璃瓦泛著金光。

昏暗的花園的深處，突然閃現出無數的小亮點，就像那些百年的松樹、柏樹上一下子結出了紅色的酸漿果一樣。

一陣冰涼的晚風吹過，從亮燈的方向又傳來了夾雜著歌聲的「咿咿呀呀」的聲音。明明什麼都看不見，但我卻能聽得出那是很多人在一起聚會的響聲。我的胸口不禁「怦怦」直跳，腳步都快了起來。

我和楊永樂互相看了看對方的臉，看得出他和我一樣的興奮，一樣的不敢相信。

我們在黑暗的石子路上跑了起來，頭上的滿月散發著耀眼的光輪。快一點，快一點，我們一口氣跑到了符望閣。

眼前的景象讓我和楊永樂看呆了。

寧壽宮花園裡掛滿了燈，樹梢上、屋簷下、屋頂上、亭子裡……甚至半空中都掛滿了密密麻麻、五顏六色的燈。

那些都不是普通的紙燈籠，也不是常見的電燈泡，而都是閃閃發亮、水果糖大小、會飛的燈！它們像星星那樣閃閃發光。不知什麼地方吹來了風，它們在樹梢上一邊搖動，一邊變換著位置。

是螢火蟲嗎？可是沒聽說過有五顏六色的螢火蟲啊？

我的心「撲通撲通」地跳著，覺得現在就要開始冒險了。

一陣合唱的歌聲傳了過來，那是碧螺亭上，鳳凰正帶著鳥兒們在唱歌呢！真好聽，我聽得入迷。還沒聽完，院子裡就響起了「嘩啦、嘩啦」碗和盤子的聲音。接著，一盞盞皓似月亮的燈在院子裡亮了起來，不知什麼時候，院子裡已經擺好了一張張餐桌，桌邊是興高采烈的等著吃飯的動物、怪獸和神仙們。

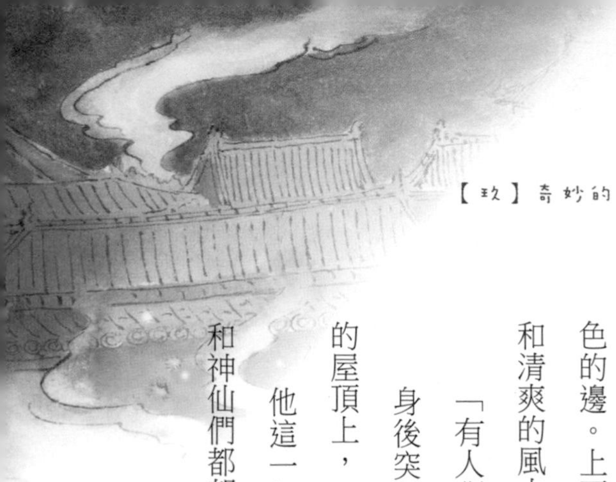

野貓們和刺蝟、黃鼠狼們看來早都來齊了，一隻都不缺。怪獸們也是，平時那麼喜歡獨來獨往，此刻卻高興地聊著天。神仙們也一臉難得的輕鬆。這是什麼特別的宴會啊？桌子的正當中，擺著紅豔豔的梅花，乾杯的酒已經倒滿了。

那些餐具可真漂亮啊！無論是裝菜的盤子，還是小小的酒杯，都鑲著金色的邊。上面畫著小鳥、水果和花。不管是哪一種，都是生活在燦爛的陽光和清爽的風中，讓人嚮往的東西。

「有人啊！」

身後突然傳來沙啞的聲音，我和楊永樂嚇了一大跳。抬頭一看，符望閣的屋頂上，一隻烏鴉發現了我們。

他這一聲可不得了，原本熱鬧的聚會一下子亂成一團。動物們、怪獸們和神仙們都朝我們的身邊圍過來，嘴裡喊著「天啊」、「有人類」、「糟糕了」

之類的話。

我和楊永樂被圍在中間，睜大了眼睛，喘著粗氣。

「你們怎麼找到這裡的？」

圓圓的燈光下，說話的是真武大帝。

「是有誰把今天燈會的事情告訴你們了嗎？」他接著問。

真武大帝這麼一問，野貓們、鴿子們、烏鴉們、刺蝟們都拼命地搖起頭來。

「我們可沒說！」

「我一直躲著他們呢……」

「不是我說的。」

……

我這才明白，怪不得白天這些動物一直躲著我，原來是怕說溜嘴啊！

楊永樂舉起手裡的追蹤儀：「沒人告訴我們，找到這裡是靠它！我的發明！」

真武大帝仔細看了看那個不停閃著紅燈的盒子，問：「這是什麼？」

「靈界追蹤儀。它可以告訴我所有神仙和怪獸們的位置。」楊永樂得意地回答，「就是它把我們帶到這裡的，厲害吧？」

楊永樂興高采烈地比劃著，可是周圍的動物、怪獸們卻都沮喪地垂下了頭，剛才那歡樂的氣氛一下都沒有了。

看到他們的樣子，我小聲問：「我們……打擾你們的聚會了嗎？」

真武大帝嘆了口氣說：「這是我們每年一次的神仙燈會。正月十五是人們一年中第一次祭拜神明的日子，所以我們會選擇在這天舉辦神仙燈會，宴請故宮裡的神獸和動物們。但是……」他突然加重了口氣，「神仙燈會是絕不能有人類出現的。」

「我們不會說出去的……」

「那也不行。」真武大帝堅決地說。

他轉過身，對著圍在周圍的神仙、怪獸、動物們說：「既然發生了這樣的意外，今年的燈會只能結束了。請大家離開吧！」

這下可闖禍了，我心裡想。那時要是當作追蹤儀壞掉就好了，那樣的話，就不會闖到這裡，也不會讓大家這麼掃興了。

「對不起，是我們太輕率了。」

但是，我和楊永樂的道歉好像誰都沒聽到。大家都是一副失望的樣子。

「熄燈啦！」

不知道哪個神仙喊了一聲。

只聽到「啪嗟」一聲，剛才遍布在各處的彩燈像是被觸動了開關，「啪、啪、啪」地滅掉了。

四周一下子暗了下來。連月亮都被烏雲遮住了。幾乎同時，盤子呀、碗呀、杯子呀……一股腦兒地消失了。神仙、怪獸、動物們也不知道藏到什麼地方去了。

空蕩蕩的花園裡，只剩下了我和楊永樂兩個人呆呆地望著天空，像做了一場夢。

再去故宮已經是幾天以後的事情了。一想起那天晚上的事情，我就覺得臉紅得要命，動物和怪獸們一定生我的氣了吧？

但令我吃驚的是，天色剛變黑，失物招領處門口卻已經排起了長長的隊伍。這麼晚了，遊客早就回家了，哪來這麼多人？走近一看，排隊的不是遊客，原來是動物、怪獸，甚至還有神仙。

我費了好大的勁才擠到房間裡，楊永樂正忙個不停。

「怎麼回事？一下子這麼多人丟了東西？」我問。

楊永樂苦笑著搖搖頭：「他們哪是找東西的？都是找人的！自從神仙燈會以後，這幾天一直是這樣……」

他的話還沒說完，面前的一隻野貓就不耐煩地插話說：「喂！能不能不要聊天，我已經排了一個時辰的隊伍了。趕緊用你那個追蹤儀幫我看看，斗牛大人現在在哪兒？我找他有急事呢！」

追蹤儀？我明白了。

楊永樂的新發明一下子出名了，他可有的忙了！

拾

梅花榜

我一個人，穿著厚厚的外套，戴著毛線帽子，呆呆地坐在故宮清史館的臺階上。

這裡應該是故宮裡最清靜的地方了，很少有遊客會繞道過來。

離天黑還要一會兒，我不想去媽媽的辦公室。這個時候，媽媽應該正在那裡辦公，我現在最不想見到的人就是她。開學的第一次考試，媽媽給我下了最後通牒，這次考試的排名要是還在班級三十名以後，我接下來幾個月的零用錢就沒有了。

考試和零用錢有什麼關係呢？真不明白大人們的邏輯。

紅色的宮牆後面，冬天的太陽在燃燒著，清史館前的小廣場一片寂靜。

我正在嘆氣，卻發現一個人垂頭喪氣地走了過來。他兩手插著口袋，把腳底下的碎石踢得超遠。這不是楊永樂嗎？

「楊永樂？」我用手遮住陽光，沒錯就是他。「你怎麼來這裡了？」

楊永樂看見我也很吃驚。

「因為這裡安靜。」他一邊說，一邊走過來，坐到我身邊。

「你不是最喜歡熱鬧嗎？」

「高興的時候喜歡熱鬧，煩心的時候就喜歡安靜了。」他愁眉苦臉地說。

「你也有煩心的事？」聽他這麼一說，我連自己煩心的事情都忘了，「說說看，怎麼回事？」

「我舅舅說，如果下星期的考試，我再考全班最後一名，他就不讓我來故宮裡玩了。」他嘆了口氣。

我也跟著他嘆氣說：「沒想到我們的煩心事是一樣的呀！」

「妳也在擔心考試？」他有點吃驚，「妳不是功課挺好的嗎？」

「什麼挺好，只是比你好一點而已。」我瞥了他一眼說，「我媽也給我下最後通牒了。」

說完，我望向遠方，那裡黑暗正漸漸吞沒粉紅色的晚霞，天快要黑了。

「要是沒有考試就好了。」楊永樂感嘆。

但是，光坐在這裡感嘆又有什麼用呢？沒坐多久，天就黑了。

兩個人無精打采地向辦公區走去。路過中和殿的時候，突然颳來一陣怪風。

「嗖嗖……」吹得枯葉四處亂飛。

也就在這時，一個黑影差點撞上我們。

「喂，李小雨！」

我一驚，抬頭看去，猴子的臉、鷹的翅膀和爪子，這不是怪獸行什嗎？

「行什？好久不見！」我高興地跳著腳。

「行什，你只看到李小雨嗎？」楊永樂不高興地說。

行什斜著眼看了看楊永樂，「啊！好巧，黑巫師也在啊！剛才還真沒注意到。」

楊永樂撇撇嘴：「那再見吧！」

行什也賭氣地說：「再見！」

我好奇地看著他們倆，看來兩人的關係不太好。

「等等！你們倆有什麼仇嗎？」我大聲問。

行什先說話了：「倒也沒有，只是上次這個巫師居然叫我『羽人』！」

「羽人？羽人是什麼？」我更好奇了。

「一種不會死的奇怪物種。」行什回答。

「羽人是一個種族，不是奇怪物種。」楊永樂搶著說，「關於你是羽人的說法，我是有依據的。」

「不管是不是奇怪物種，我都不是羽人。」行什一下子跳到楊永樂面前，「記住，我是神獸，要不就是外星人，反正不是羽人。」

「好了！」我必須打斷他們了。「楊永樂，咱們自己的麻煩還不夠多嗎？

這是你和行什爭吵的時候嗎？」

被我這樣一吼，楊永樂不出聲了。行什有點得意地看看他。

「小雨，妳遇到麻煩了？需要我幫忙嗎？」行什對我倒是很熱心。

我嘆了口氣說：「這個忙，恐怕神仙來了也幫不上。」

「哦？」行什感興趣了，「到底是什麼事呢？」

我實話實說：「我們下周就要考試了，可是一點把握都沒有。」

沒想到，行什黃色的眼珠一轉說：「我明白了，你們不就是想拿到好成績嗎？這還不容易！」

我愣在那裡，懷疑地看著行什。

「這……容易嗎？」

「妳不知道，我可是怪獸裡面腦袋轉得最快的。」行什得意地說，「我給你們出個主意，你們去找天鹿。」

「天鹿？」連楊永樂都出聲了。「你是說儲秀宮裡的銅鹿？」

「沒錯！」行什說，「但他可不是一般的銅鹿，梅花鹿修練千年為倉鹿，到了一千五百歲的時候被稱為白鹿，只有兩千歲的鹿才叫天鹿。他是最純潔、善良的怪獸，能給人帶來幸福和長壽。」

「那和考試有什麼關係？」我不明白。

行什搖頭晃腦地說：「古代的時候，學校叫私塾，幾乎所有私塾都會供奉孔子和梅花鹿的畫像。這是因為『鹿』是『祿』的諧音，而『祿』在古代是官運的意思。以前的人讀書，多數是為了考狀元、做大官，所以，讀書人都要拜天鹿，以求能考個好成績，做個大官。」

「噢……」

我和楊永樂點了點頭。

行什接著說：「那個時候，很多地方公布考試錄取名單都寫成『梅花榜』，只要上了『梅花榜』，就說明你考試名列前茅。現在，這張梅花榜就在天鹿手裡，只要他把你們的名字寫到梅花榜上，你們這次的成績一定也會名列前茅。」

「有這種事？」我瞪大眼睛盯著行什。「這麼說，只要我們去儲秀宮找到天鹿……」

楊永樂卻一臉的不相信，「怎麼會有這樣的好事？」

行什跳上旁邊的白玉圍欄，叫道：「我又沒叫你去。李小雨是我的朋友，我才告訴她。至於你，愛信不信。哼！」

眼看著他們兩個又要吵起來，我趕緊拉住楊永樂。

「行什，太感謝了！」

我一邊說，一邊拉著楊永樂朝儲秀宮的方向跑去，這麼好的事，怎麼也要去試試。

儲秀宮，從小我就喜歡這兒。這兒是故宮後宮中最漂亮的宮殿，無論什麼，都顯得光輝燦爛。

今天晚上的儲秀宮也一樣，哪怕是在月光下，也閃閃發光。金黃的琉璃瓦、五彩斗拱、玻璃窗裡映出的水晶燈籠的影子……不料，怎樣了呢？原本守在門口的銅鹿和銅龍，卻只剩下一條龍懶懶地趴在那裡。

「請問，天鹿呢？」我們問龍。

龍指指旁邊的遊廊說：「不在那兒嗎？他最愛到處閒逛了。」

不遠處，藉著月光，我們看到了遊廊一角天鹿的背影，剛要跟過去，卻被龍叫住了。

「不要跟著他。」他說，「你們不知道這隻天鹿的外號叫『迷了鹿』嗎？跟著他會迷路的。」

迷了鹿？迷路？我和楊永樂都咧嘴笑了。

「謝謝！我們知道了。」

嘴裡雖然這麼說，我們還是跟了過去。在儲秀宮我們怎麼會迷路呢？這可是我們最熟悉的宮殿，就在那邊的廊道上，還可以看到「失物招領處」小小的招牌呢！

天鹿向遊廊的盡頭走去，我們小跑著跟過去，沒有人的遊廊上，響著我們的腳步聲。

咦？什麼時候遊廊的盡頭裝了一面大鏡子？更讓人沒想到的是，天鹿卻快步走進了鏡子裡。

我們跑過去，發現那不是鏡子，而是不知什麼時候被加長的遊廊。

「這裡的遊廊什麼時候變長的？難道是和旁邊院子的遊廊接起來了嗎？」我問楊永樂。

楊永樂搖搖頭，他也一臉迷茫。

我們走了進去，新的遊廊，更華麗，更漂亮，閃光的青石地板，伸展個沒完沒了。

天鹿走到轉角處，就向右轉了。他應該聽到我們的腳步聲了，卻一次也沒回頭。

「喂……喂……」我扯著嗓子喊。

我這一喊不得了，天鹿竟然跑了起來。

為什麼要跑呢？我們也跟著跑了起來。

「喂……天鹿……」

但是，眼看著我們之間的距離被拉開了。突然，天鹿的背影消失在我們眼前。

啊？

我慌了，向四周看去。我這才發現，遊廊不知什麼時候變成了迷宮。所有遊廊全都一模一樣，無論哪一條都是同樣的青石地板，同樣的彩色斗拱，同樣顏色的柱子，甚至連上面畫的粉彩畫都一樣。不要說天鹿去的方向，我們連自己來的方向都已經分不清了。

我們跑了起來，可是，不管怎麼跑，熟悉的宮殿和院子也沒有出現。就在我們快要跑不動的時候，突然聽到了「噠、噠」的聲音，是鹿蹄踩著地板的聲音。

沒過多久，天鹿出現在我們面前。而這時候，我和楊永樂早已急出了汗。天鹿的眼睛與我的眼睛「啪」地相遇在一起。他問：「你們是在找我嗎？」

一瞬間，我和楊永樂都說不出話來了，只是睜大了眼睛，喘著粗氣。

於是，天鹿又問了一遍：「你們是誰？是在找我嗎？」

我和楊永樂互相看了一眼，點點頭。

「我叫李小雨，我媽媽是倉庫管理員。」

「我是楊永樂，我舅舅在失物招領處工作。」

天鹿眨了眨眼睛，慢慢地說：「我能幫你們做什麼嗎？」

他這麼一問，我突然變得不好意思起來。學業成績不好的事情，還真有點說不出口。

「是這樣，下周我們就要考試了。」還是楊永樂嘟嘟囔囔地先開了口，「不知道您能不能幫忙把我們的名字寫到梅花榜上？」

天鹿有點吃驚：「你們居然知道梅花榜的事？」

我點點頭：「是行什告訴我們的，他是我們的朋友。」

「原來是行什的朋友啊！」天鹿想了想說，「這倒不太難。」

說完，他不知道從哪兒叼出一張發黃的絹紙，那上面畫著一朵盛開的梅花。湊近了仔細看，會發現那些花瓣都是由人的名字組成的。

「只要把你們的名字寫上去就可以了。」天鹿說。

「就這麼簡單？」楊永樂睜大了眼睛。

天鹿卻搖了搖頭說：「不，沒那麼簡單。」

他把梅花榜放到地板上，接著說：「想要在梅花榜上寫上名字，必須要開鎖。」

「開鎖？」

「對，說是開鎖，其實並沒有什麼鑰匙。只是一段話，有點像咒語的意思。」

楊永樂點點頭說：「我明白了。是不是就像《阿里巴巴與四十大盜》裡一樣，想打開寶藏的大門不是用鑰匙，而是要喊『芝麻開門』，門才會打開。如果喊錯了，門怎麼都不會開，就算用錘子砸，也沒用。」

「差不多就是這個意思。」天鹿說。

「那開鎖的咒語是什麼呢？」我著急地問，成功就在眼前了。

天鹿卻皺起了眉頭說：「說實話，太久沒有用梅花榜，我還真有點記不清了。要不我試試看？」

說完，天鹿一臉認真地想了好一會兒，才開口：

「水仙花，水仙花開，巴拉巴拉！」

「皇帝的耳朵變成了兔子耳朵！」

「鋤禾日當午，汗滴禾下土……」

「大風起兮雲飛揚……」

……

無論天鹿說什麼，梅花榜一點變化都沒有。到後來，我和楊永樂都聽得快睡著了。

「以前只是愛迷路，怎麼最近連記性都不好了。」天鹿放低聲音自言自語。

突然，他的眼睛一亮。

「對了，我想起來了。」

我和楊永樂一下子清醒了，趕緊問：「是什麼咒語？」

天鹿慢慢地說：「大約兩百多年前，梅花榜被我弄丟了一次。找回來以後，為了防止有人亂用它，我就設了比較複雜的開鎖咒語。」

「沒關係，無論多複雜的咒語，只要想起來就行。」我說。

天鹿說：「這個咒語太複雜了，我是不願意唸的，如果你們願意替我唸，我就告訴你們。」

我睜大眼睛：「我們唸也可以嗎？」

「當然，只要知道咒語，誰唸都可以。」天鹿回答。

「那就趕緊告訴我們吧！」我興奮起來。

天鹿瞇縫起眼睛說：「梅花榜的開鎖咒語，就是把《山海經》從頭到尾唸一遍。」

「這還不簡單……」

我話還沒說完，就被楊永樂打斷了。

「妳知道《山海經》是什麼書嗎？」他問。

我搖搖頭，不過聽起來那不就是經文嗎？

楊永樂苦笑了一下說：「《山海經》是古代的一本奇書，它記載了約四十個奇異的國家、五百五十座山、三百多條水道、一百多位歷史人物，還有四百多種怪獸。裡面有十八章，包括《藏山經》五篇、《海外經》四篇、《海內經》五篇、《大荒經》四篇……」

我一聽就慌了，問：「那這本書有多長啊？」

天鹿笑瞇瞇地回答：「不算太長，也就三萬兩千多字。」

「而且全部是文言文。」楊永樂補充。

什麼？三萬兩千多字的文言文！

我頓時像洩了氣的皮球，那麼長的書，我唸一整夜也唸不完。

楊永樂皺著眉，思考了一會兒。

「全部唸完就可以嗎？」看來他想挑戰一下。

天鹿點點頭：「是的，不過唸的過程不能有錯字，否則就要重來。」

這下連楊永樂都徹底放棄了。把一篇三萬兩千字的文言文一字不錯地唸出來，和這個相比，還是回家好好複習功課更容易些。

「怎麼？要試試嗎？」天鹿追問。

我們倆同時搖了搖頭。

天鹿溫柔地笑了笑，這時我才發現，他有雙特別明亮的眼睛。

他的耳朵動了一下說：「那就再見了。」

說完，天鹿向一條遊廊走去。我們恍恍惚惚地跟在他後面，腦子裡卻還想著梅花榜和考試的事。不知道什麼時候，我們已經站在了儲秀宮的院子裡，失物招領處小小的招牌就在不遠處。而天鹿已經消失了。

自從那天以後，我和楊永樂不知道從哪來了一股勁，開始努力複習功課。每當遇到困難或厭倦的時候，只要想一想把三萬兩千字的《山海經》唸一遍，就覺得這點困難不算什麼了。

難得的是，第二周的考試，我們的成績都不錯。

這還真要感謝天鹿和梅花榜啊！

國家圖書館出版品預行編目(CIP)資料

故宮裡的大怪獸 4：景仁宮的怪事 / 常怡著； 么么鹿繪 .
-- 第一版 . -- 臺北市 ：樂果文化出版 ：紅螞蟻圖書發行，
2019.04
面； 公分 . --(小樂果 ； 14)
ISBN 978-986-97481-3-1(平裝)

859.6 108001458

小樂果 14

故宮裡的大怪獸 4：景仁宮的怪事

作者／常怡
繪圖者／么么鹿
總編輯／何南輝
行銷企劃／黃文秀
封面設計／引子設計
內頁設計／沙海潛行

出版／樂果文化事業有限公司
讀者服務專線／(02)2795-3656
劃撥帳號／50118837 號 樂果文化事業有限公司
印刷廠／卡樂彩色製版印刷有限公司
總經銷／紅螞蟻圖書有限公司
地址／台北市內湖區舊宗路二段 121 巷 19 號(紅螞蟻資訊大樓)
電話：(02)2795-3656
傳真：(02)2795-4100

2019 年 4 月第一版 定價／ 250 元 ISBN 978-986-97481-3-1
※ 本書如有缺頁、破損、裝訂錯誤，請寄回本公司調換。